JASON DARK

Don Harris Psycho-Cop
Das dritte Auge

Buch

Don Harris ist Agent des europäischen Geheimdienstes ESI – European Secret Intelligence. Schon seit seiner Jugend verfügt er über übersinnliche Fähigkeiten, die ihm das »Dritte Auge« verleiht, ein Erbe der Psychonauten. – Der Tod einer Bekannten in London führt ihn mittels seiner übersinnlichen Kräfte auf die Spur des »Clubs der Höllensöhne«, einer Geheimorganisation, deren Ziel unbegrenzte wirtschaftliche und politische Macht sind. Harris jagt deren Killer, der ebenfalls über übersinnliche Fähigkeiten verfügt. In einer verlassenen Kapelle kommt es schließlich zum Duell der beiden Psi-Begabten, an dessen Ende der Killer seinen Verstand verliert und nur immer wieder vom »Verrat der Höllensöhne« stammelt … Doch Don Harris hat noch eine weitere Spur, die er nun verfolgt: Sie führt ihn zu dem Anwalt Archie Ramsay. Der ist allerdings tot. In dessen Kanzlei findet der Psycho-Cop wichtige Informationen, unter anderem eine Karte mit der Umgebung von Glastonbury (»das englische Jerusalem«) sowie einen Verweis auf eine bestimmte Vollmondnacht. In zwei Tagen ist es soweit …

Autor

Jason Dark ist das Pseudonym des Schriftstellers Helmut Rellergerd. Er hat die Romanfigur des Geisterjägers John Sinclair ins Leben gerufen. Die Abenteuer des englischen Helden erscheinen seit Anfang der 1970er-Jahre in Heft- und Taschenbuchform und entwickelten sich zur erfolgreichsten deutschen Gruselserie mit einer Gesamtauflage von mehr als 270 Millionen Exemplaren. Inzwischen wurde der Autor mehrfach preisgekrönt (u. a. Hörspielpreis der News Corporation für die beste Hörspielserie) und mit Beinamen überhäuft, vom »Herrn der Monster« bis zum »Meister des Unheimlichen«. Helmut Rellergerd wuchs in Dortmund auf, er lebt heute in Bergisch-Gladbach, ist verheiratet, hat zwei Kinder und ein Enkelkind.

Weitere Romane aus der neuen Grusel-Thriller-Serie von Jason Dark sind in Vorbereitung.

Jason Dark

Don Harris Psycho-Cop

Das dritte Auge

Roman

blanvalet

Umwelthinweis:
Alle bedruckten Materialien dieses Taschenbuches sind chlorfrei und umweltschonend.

1. Auflage
Originalausgabe November 2006 bei Blanvalet,
einem Unternehmen der
Verlagsgruppe Random House GmbH, München.

Die Veröffentlichung dieses Werkes erfolgt auf Vermittlung
der Autoren- und Verlagsagentur
Peter Molden, Köln.
Umschlaggestaltung: Design Team München
Umschlagillustration: Agt. Luserke/Bondar
Redaktion: Peter Thannisch
VB · Herstellung: Heidrun Nawrot
Satz: deutsch-türkischer fotosatz, Berlin
Druck und Einband: GGP Media GmbH, Pößneck
Printed in Germany
ISBN-10: 3-442-36577-5
ISBN-13: 978-3-442-36577-7

www.blanvalet-verlag.de

Prolog

»Pressen Sie! Mein Gott, Sie müssen pressen! Das Kind ist gleich da. Es geht alles gut, wirklich! Sie müssen …«

Die Krankenschwester brach ihre stoßweise hervorgebrachten Worte ab. Eine heiße Woge strömte durch ihren Körper und rötete das Gesicht mit der schweißnassen Haut.

Ihr gefiel die Frau plötzlich nicht mehr, die vor ihr auf dem Entbindungsstuhl lag. Sie war von einer Sekunde zur anderen verfallen. Ihr Gesicht zeigte eine graue Farbe. Die Augen quollen aus den Höhlen, der Atem ging nicht mehr normal, und sie bäumte sich plötzlich unter einem Stöhnen auf.

Erst jetzt wurde der Arzt aufmerksam. Er hob den Kopf. Sein Blick traf die Schwester.

»Was ist denn los?«

»Ich bin mir nicht sicher. Aber wenn ich genau hinschaue, muss ich sagen, dass … dass … ich glaube …«

»Was denn nun?«

Sie sagte etwas, was nur der Arzt verstand, jedoch nicht die Frau, die das Kind bekommen sollte. Elaine of Glastonbury nahm kaum noch wahr, was um sie herum geschah. Das Wort »pressen« hatte sie noch mitbekommen, aber die Frau mit den rotblonden Locken wollte nicht. Da war irgendetwas anderes stärker. Was das war, hätte sie nicht sagen können, sie konnte es sich nicht erklären. Sie fühlte sich plötzlich umnebelt. Obwohl sie die Augen geöffnet hatte und in die Höhe schaute, sah sie das Gesicht der Krankenschwester, die zugleich als Hebamme fungierte, nicht mehr normal. Es war verschwommen, als befände es sich in der Auflösung.

Zugleich verspürte sie etwas anderes. Es war ein Gefühl der Leichtigkeit, und die Stimmen glitten noch weiter zurück.

Elaine lächelte. Es gab keinen Grund, aber sie tat es trotzdem. Sie zog die Lippen in die Breite, und sie fühlte sich plötzlich glücklich.

Da war diese Leichtigkeit. Und sie nahm noch zu. Unsichtbare Wesen schienen sie zu umstehen und sie zu locken.

»Komm … komm …«

Waren das Stimmen?

Elaine wusste es nicht. Es herrschte ein völliges Durcheinander in ihrem Kopf, und sie dachte nicht mehr an den Grund, der sie hierher in den Kreißsaal geführt hatte.

Eine Geburt. Die Geburt ihres Sohnes. Dass es ein Junge war, wusste sie bereits. Es war alles so wunderbar und perfekt gewesen. Das war es nicht mehr, denn die andere Kraft zerrte an ihr. Sie war da, zog sich nicht zurück, sondern griff sogar stärker zu. Elaine sah die Schatten, die vor ihren Augen hin und her huschten. Dort waren mal Menschen gewesen, die Schwester und der Arzt. Die allerdings hatten sich aufgelöst.

Andere Kräfte waren an ihre Stelle getreten, und sie waren nicht von dieser Welt. Ein großes Tor hatte sich bereits geöffnet, als wollte es sie verschlingen. Elaine glitt weg. Sie war so unnatürlich leicht geworden.

Andere warteten auf sie. Es öffnete sich ihr eine neue Dimension, und sie fühlte sich tatsächlich glücklich.

Die lauten Rufe der Krankenschwester vernahm sie nur in Fragmenten. Die Frau litt unter der Angst, dass die junge Mutter sterben würde. Auch der Arzt rief etwas.

»Wir müssen reanimieren. Machen Sie ...«

»Nein, Doktor, nein!«

»Aber ...«

»Sie ist tot!«

»Was?«

Die Krankenschwester nickte. Schweiß perlte auf ihrem Gesicht. Mit tonloser Stimme flüsterte sie: »Ja, es ist vorbei.«

»Nein!« Der junge Arzt war für einen Moment völlig von der Rolle. »Aber da ist das Kind ...«

»Kaiserschnitt!«, rief die Schwester. »Wir müssen es durch einen Kaiserschnitt holen!«

Es war die einzige Möglichkeit, die ihnen noch blieb. Der Arzt huschte aus dem Zimmer. Sein Vertrauen in die Krankenschwester war groß genug, um sie mit der Patientin allein zu lassen.

Das Gesicht der Elaine of Glastonbury war starr. Aber um die Lippen herum war ein Lächeln zu sehen. Als hätte sie sich gefreut, von dieser Welt Abschied zu nehmen.

Der Schweiß lag noch immer auf ihrem Gesicht. Die

Schwester beugte sich diesem Gesicht entgegen. Etwas war ihr aufgefallen. Etwas Unwirkliches. Sie wollte es zunächst nicht glauben. Was war das?

Sehr bedächtig glitt ihr Blick in die Höhe. Den Grund wusste sie selbst nicht, doch als sie gegen die Decke sah, erlebte sie ein Phänomen, das sie fast aus den Schuhen haute.

Unter der Decke schwebte eine Gestalt.

Menschliche Umrisse, daran gab es nichts zu rütteln. Und diese feinstoffliche Gestalt wies auch eine entfernte Ähnlichkeit mit Elaine of Glastonbury auf.

Es war verrückt, doch es stimmte!

Die Schwester wich zurück. Sie hatte weiche Knie bekommen. Sie konnte ihren Blick nicht von dem lösen, was sie mit eigenen Augen sah. Unter der Decke blieb der Umriss für einen Moment noch bestehen, und die Schwester wusste auf einmal, was sie dort schweben sah: einen Astralleib!

Sie hatte mal in einem Buch darüber gelesen, ohne sich näher damit beschäftigt zu haben, weil sie das nicht interessierte, und es sogar als Spinnerei abgetan.

Was sie dort sah, das konnte nur ein solcher Astralleib sein. Sie schlug ein Kreuzzeichen.

Die Tür zum Entbindungsraum wurde aufgestoßen. Zwei Ärzte und eine Schwester stürmten herein. Elaine of Glastonbury untersuchten sie nicht, die Männer verließen sich auf die Aussage der Schwester und Hebamme.

Jetzt musste alles wahnsinnig schnell gehen. Das Kind musste raus, sonst war es verloren.

In der Privatklinik war man mit diesen Dingen vertraut. Und es ging alles glatt.

Auch die Schwester half mit. Sie dachte nicht mehr an das unheimliche Phänomen, dessen Zeuge sie geworden war, aber vergessen hatte sie es nicht.

Beinahe kamen ihr die Tränen, als sie den ersten Schrei des Babys hörte.

»Es ist da!«, rief der Arzt und ließ die Nabelschnur durchtrennen. »Wir haben es retten können. Und es ist tatsächlich ein Junge. Ich weiß nicht, welchen Namen er bekommen soll, aber ich würde sagen, dass er ein Glückskind ist.«

Die Schwester schaute gegen die Decke, als sie sprach. Das Geistwesen ließ sich nicht mehr blicken, und trotzdem war es, als hätte sie eine Botschaft empfangen, als sie sagte:

»Ich kenne den Namen des Neugeborenen. Das Kind soll Don heißen. Don Harris …«

1

Es passierte, als Don Harris fünfzehn Jahre war.

Der Winter hatte ein riesiges Leichentuch aus Schnee und Eis über das Land gelegt und all das, was sich unter seinem Griff befand, zum Erstarren gebracht. Seen und Teiche waren von einer dicken glatten Schicht bedeckt. In manchen Tälern der schottischen Highlands lag der Nebel wie kalte Watte. Pflanzen waren in eine unnatürliche Starre gefallen, und die wenigen laublosen Bäume wirkten wie abgebrannt und angefroren.

Es war so viel Schnee gefallen, als hätte die Natur etwas nachzuholen gehabt, weil in den Jahren zuvor die Winter recht mild gewesen waren. Wer konnte, blieb zu Hause, und wer unterwegs sein musste, der war froh, wieder nach Hause zu kommen.

Es gab auch Menschen, die von einem Wintermärchen sprachen, zumeist dann, wenn sich die Sonne ihren Platz am Himmel eroberte und als blasse Kugel auf die Welt schien. Dann zeigte der Winter sein traumhaft schönes Gesicht, und es waren nicht wenige Fotografen unterwegs, um diese herrliche Natur für die Nachwelt festzuhalten.

Wie alles im Leben war auch dieser Winter reine Gewohnheitssache. Es dauerte nicht lange, und die Menschen hatten sich auf ihn eingestellt, mit der Gewissheit, dass der Schnee nicht für alle Zeiten das Land bedecken würde.

So brach der Verkehr nicht mehr zusammen. In den größeren Städten war es sowieso wärmer, besonders in denen an der Küste, und so nahm das Leben seinen normalen Fortgang, wenn auch langsamer als gewöhnlich.

Man hatte sich auf Ausfallzeiten eingestellt und auf Verspätungen. Das betraf nicht nur die Autofahrer, sondern auch den Bahnverkehr im gesamten Land.

Etwas Dunkles und Langes schob sich durch den Schnee. Aus der Ferne wirkte es wie ein großer Wurm. Aber der Wurm war recht schnell und auch kein lebender Organismus. Bei näherem Hinschauen entpuppte er sich als Zug. Da das Gleis wegen der Böschung kaum einsehbar war, hatte es den Anschein, als würde sich der metallische Bandwurm durch den Schnee schieben und dabei alle Hindernisse zur Seite räumen.

Im Zug befanden sich nur wenige Fahrgäste. Der nächste Halt war Gordonstown, kein Ort, an dem viele Reisende ausstiegen, und es machte sich auch nur einer bereit, um den Zug zu verlassen.

Er schnappte sich seinen Rucksack, hängte ihn über und schaute noch mal durch das Fenster in die weiße Landschaft, die im Vergleich zum Sommer ein völlig anderes Aussehen bekommen hatte.

Schwach malte sich das Gesicht des Reisenden auf der Fensterscheibe ab. Es war ein noch junges Gesicht. Ein Jugendlicher, der die Schwelle zum Erwachsensein noch erreichen musste und das Leben vor sich hatte.

Don Harris lächelte sich selbst zu. Ein fröhliches Lächeln war es nicht. Wenn er ehrlich war, freute er sich nicht eben auf seine nahe Zukunft, die er weiterhin im Eliteinternat Gordonstown verbringen würde. Er sehnte die Zeit herbei, dass er von dieser Schule wegkam. Doch in dieser Hinsicht kannte sein Vater kein Pardon. Er würde bleiben müssen, denn auch sein Vater hatte dieses Internat besucht, und so gehörte diese Eliteschule fast schon zur Familientradition. Nur fragte sich Don immer wieder, was wohl seine Mutter dazu gesagt hätte. Leider konnte er sie nicht fragen, denn sie war bei seiner Geburt gestorben.

Noch nahm der Schnee den größten Teil seines Blickfelds ein. Nur ab und zu ragte ein Mast oder ein Signal aus ihm hervor. Untrügliche Zeichen, dass sie sich dem Bahnhof näherten. Ob er abgeholt werden würde, wusste er nicht. Ein Freund hatte es ihm versprochen, doch bei diesem Wetter mit einem fahrbaren Untersatz unterwegs zu sein, das war nicht eben eine heitere Sache.

Der Zug verlor weiterhin an Geschwindigkeit. Er fuhr vorbei an einigen Gebäuden, auf deren Dächern Lasten von Eis und Schnee lagen. Ein Mensch war nicht zu sehen, und auch der Bahnsteig des Bahnhofs lag zu einem Gutteil unter Schnee und Eis vergraben.

Don löste sich von seinem Fensterplatz. Die dicke Jacke war ihm jetzt noch zu warm. Das würde sich ändern, sobald er den Zug verlassen hatte. Mit kleinen Schritten begab er sich zur Tür. Es blieben ihm nurmehr Sekunden, dann würde der Zug halten.

An dieser Stelle war der Bahnsteig von den Hinterlassenschaften des Winters befreit worden. Vor dem Fenster in der Tür huschten die Pfosten vorbei, die das Dach trugen. Don sah keinen Reisenden, der hier zusteigen wollte, und er stand auch allein an der Tür; es wollte außer ihm also niemand aussteigen.

Aus dem Nachbarwaggon hörte er ein kräftiges Niesen.

Ein kurzes Rucken, und der Zug stand.

Über das Gesicht des Jungen glitt ein Lächeln. Die Bahnfahrt war langweilig gewesen. Im Internat würde es spannender sein, da wartete man bereits auf ihn.

Don Harris öffnete die Tür. Er musste schon hart drücken, um sie nach außen zu stoßen. Der Frost schien sie eingeklemmt zu haben.

Es war, als würde er einen Schritt hinein in einen riesigen Kühlschrank tun. Als er tief einatmete, war ihm, als würde die Kälte auch in sein Inneres dringen.

Nach zwei Schritten blieb er stehen. Der Boden unter ihm war vom Schnee befreit, doch an verschiedenen Stellen schimmerten Eisbuckel, die gefährliche Fallen sein konnten.

Don schaute sich um. Ganz allein stand er nicht auf dem Bahnsteig. Er sah McDermitt, einen Bahnbeamten und so etwas wie der Chef auf diesem Gelände. Der Mann war eingepackt wie eine Mumie und strahlte den Jungen an.

»Na, wieder im Lande?«

»Klar doch.«

»Und wie war's in London?«

Don zog die Nase hoch. »Nicht so kalt wie hier. Da gab

es sogar Regen.« Er hob die Schultern. »Aber ich kann ja nicht ewig wegbleiben.«

»Das ist richtig.« McDermitt sprach immer wie ein Lehrer. »Sei froh, dass es dir dein Vater ermöglicht, das Internat zu besuchen. Diese Schule ist nämlich klasse. Ich habe in all meinen Jahren hier schon viele Schüler kennen gelernt, und aus allen ist was geworden. Wer diese Schule besucht, der kommt auch im Leben zurecht, das sage ich dir.«

»Das will ich hoffen.«

»Weißt du denn schon, was du werden willst?«, erkundigte sich McDermitt.

»Nein.«

»Und wofür interessierst du dich?«

»Für alles Mögliche. Wirtschaft, aber auch für Geschichte, Psychologie und Mythologie.«

Der Mann staunte. »Das ist ein weites Feld.«

»Mal sehen, was ich davon bestellen kann.«

McDermitt schlug Don auf die Schulter. »Du schaffst das schon, Junge, das sage ich dir, und ich habe mich selten geirrt. So, jetzt muss ich meinen Job machen.«

»Okay, und ich muss zu Fuß den Hügel rauf.«

Der Bahnbeamte grinste. »So hat jeder seine Probleme. Ein Schlittentaxi haben wir noch nicht. Gib gut Acht. Der Weg ist nicht nur steil, sondern auch ziemlich glatt.«

»Danke für den Rat.«

Don konnte direkt über die Gleise gehen, um den Bahnhof mit seinem verschneiten Gebäude zu verlassen. Ein Übergang führte über die Gleise hinweg, der allerdings so gut wie nicht zu sehen war, weil ihn die dicke weiße Schicht verbarg. Nur das dunkle Metall der Schienen war zu sehen. Diese teilten sich außerhalb des Bahnhofs und sahen aus wie Schnittmuster in der weißen Pracht.

Gordonstown war keine Stadt, und es als Dorf zu bezeichnen wäre auch übertrieben gewesen. So sprachen die Schüler einfach nur von einem Kaff, in dem man nicht tot überm Zaun hängen wollte. So jedenfalls lautete der Tenor der jungen Leute.

Das Internat lag auf einer Anhöhe. Nicht versteckt in irgendwelchen Bergen, sondern auf der Kuppe eines großen Hügels. Es war ein alter Bau, früher mal eine echte Burg und später ein Kloster. Seit mehr als hundert Jahren jedoch diente es als Eliteinternat. Manche Schüler, die keine Uniformen mochten, kamen sich vor wie Soldaten.

Es führte zwar eine asphaltierte Straße hoch, die aber war durch den Schnee verdeckt, und so hatte jeder Ankömmling das Gefühl, sich durch die weiße Masse kämpfen zu müssen.

Don Harris hätte auch einen späteren Zug nehmen können. Dann jedoch wäre er bei Dunkelheit eingetroffen, und das hatte er nicht gewollt. Vom Bahnhof bis in den Ort waren es nicht wenige Schritte, und als sich Don in Marsch setzte, fiel ihm erst auf, wie still es um ihn herum war. Er hörte nur das Knirschen seiner eigenen Schritte im Schnee, ansonsten war nichts zu vernehmen. Keine Stimmen und auch nicht das Geräusch irgendwelcher Automotoren, die die Stille durchbrochen hätten.

Don sah eine Frau, die ein Rad vor sich herschob. Es war ihr wohl zu riskant, darauf zu fahren. Auf dem Gepäckträger malten sich die Umrisse eines prall gefüllten Rucksacks ab.

Der Junge kannte die Strecke im Schlaf. Um den Weg zu erreichen, musste er nicht durch den Ort gehen. Wenn er den Kirchturm links liegen ließ, stieß er auf den Weg, der an der Friedhofsmauer vorbeiführte, und später an einen Teich, der bereits außerhalb des Ortes lag. Danach würde Don die schmale Straße sehen, die hoch zum Internat führte, dessen graue Mauern teilweise vom Schnee verschont geblieben waren; die weiße Schicht klebte nur an der Westseite, da von dort zumeist der Wind wehte.

Don warf einen Blick über die Friedhofsmauer. Auch dort war alles eingeschneit, und der Begriff Leichentuch traf hier wirklich zu.

Er setzte seinen Weg fort. Der schwere Rucksack drückte gegen seinen Rücken. Er war froh, dass er hohe Schuhe mit griffigen Sohlen trug, denn an manchen Stellen war der Schnee zu Eis geworden und sehr rutschig.

Aber es gab auch Flecken, wo die weiße Pracht getaut war, obwohl der Monat März noch nicht angebrochen war, in dem die Sonne kräftiger schien.

Plötzlich passierte es. Und es erwischte Don Harris wie ein Blitz aus heiterem Himmel.

Er hatte die Friedhofsmauer noch nicht ganz passiert, als es vor seinen Augen anfing zu flimmern. Für einen Moment hatte er das Gefühl, seinen Körper verlassen zu haben. Er schloss die Augen nicht, riss sie sogar weit auf, doch er sah nicht mehr die weiße Fläche vor sich; ein anderes Bild zeigte sich ihm.

Ein kleines Gewässer. Eis bedeckte die Oberfläche. Aber nicht überall. An einigen Stellen war es eingebrochen, und dort ragten auch Sträucher aus dem Wasser.

Das erschreckte Don nicht so sehr. Dafür jedoch die beiden Hände, die sich an den Sträuchern festhielten, jedoch nicht die Kraft hatten, den Körper aus dem eisigen Wasser zu ziehen.

Don Harris stand da wie die berühmte Salzsäule. Er vergaß sogar, Luft zu holen, und sein Gesicht schien aus Stein gemeißelt. Wie lange er so verharrte, wusste er nicht zu sagen, aber er merkte einen inneren Ruck oder etwas in der Art. Dann zwinkerte er, und im nächsten Moment war alles vorbei.

Er sah wieder die normale Landschaft vor sich. An der linken Seite die Mauer, vor sich die weiße Fläche.

Und der Teich?

Der war weg. Er war irgendwie nur ein Trugbild gewesen. Aber Don wusste, dass es ihn wirklich gab. Er würde ihn sogar bald erreichen.

Mit der rechten Handfläche strich Don über seine Wange. Er begriff nicht, was da passiert war. Er merkte nur, dass das Blut schneller durch seine Adern floss, und hinter den Schläfen verspürte er ein ungewöhnliches Pochen.

Was habe ich da gesehen?

Er fand keine Antwort auf diese Frage. Er musste die Dinge erst mal in eine Reihe bringen. Die Schüler wurden gelehrt, nachzudenken und den Verstand zu gebrauchen, bevor sie eine Entscheidung trafen, und daran hielt sich auch Don. Nachdenken und nach einer Erklärung suchen.

Aber es gab für ihn keine. Zwar zerbrach er sich den Kopf darüber, doch was er da genau gesehen hatte, das bekam er nicht zusammen.

Einer Sinnestäuschung war er nicht erlegen gewesen. Dieses Bild war zwar aus dem Nichts entstanden, aber es war dennoch real gewesen. Davon ging er jedenfalls aus.

Erst jetzt merkte er, wie heftig er atmete. Diese ungewöhnliche Erfahrung hatte ihn nicht kaltgelassen. Auf seinem Rücken lag sogar eine doppelte Kälte. Mehrmals schloss er die Augen, öffnete sie wieder und schaute nach vorn, weil er sehen wollte, ob sich das Phänomen wiederholte.

Das war nicht der Fall.

Er sah die normale Landschaft vor sich. Er würde seinen Weg fortsetzen, die Mauer hinter sich lassen und wenig später den Teich erreichen.

Das war die Normalität. Das andere aber nicht. Und trotzdem war dieses Phänomen Teil der Realität geworden, was er nicht begreifen konnte.

Don Harris nahm sich vor, dieses Problem auf später zu verschieben. In seiner Bude oben im »Knast« hatte er Zeit dafür.

Er setzte seinen Weg fort und sah, dass der Schnee vor ihm auf dem Pfad platt getreten war. Er war nicht der Erste, der diesen Weg beschritt. Das Gelände zu seiner Linken fiel leicht ab. Dort lag auch der zugefrorene Teich.

Sein Herz klopfte schneller, als Don daran dachte. Ohne sich dessen bewusst zu sein, beschleunigte er seine Schritte. Da der Schnee alles irgendwie eingeebnet hatte und Höhen oder Tiefen manchmal durch seine Fülle glättete, war der Teich nicht sofort auszumachen, zumal auch auf seiner Eisfläche Schnee lag.

Aber an einer Seite gab es die Büsche, die im Sommer aus dem Wasser wuchsen.

Und da sah er etwas Dunkles. Zugleich hörte er die leisen Schreie, die schon mehr einem Wimmern glichen.

Don blieb stehen und spürte die Gänsehaut, die sich auf seinen gesamten Körper legte.

Er sah das gleiche Bild wie vor wenigen Minuten. Nur war es diesmal keine Vision …

Don Harris zögerte keinen Herzschlag länger. Den Rucksack streifte er ab, er landete im Schnee, und Don hatte sich kaum von der Last befreit, als er auch schon loshetzte.

Er lief mit langen Schritten und so schnell, wie es der glatte Boden erlaubte. Der Atem strömte heftig aus seinem offenen Mund, kondensierte vor seinem Gesicht zu Nebelwolken. Seine Füße verursachten dumpfe Laute. Er musste Acht geben, nicht zu stolpern, denn unter der weißen Masse war das Gelände mit leichten Buckeln bestückt.

Er hörte das Wimmern, die leisen Hilfeschreie und sah, dass das Mädchen eine rote Steppjacke trug. Die Kapuze war ihm vom Kopf gerutscht, sodass ihr hellblondes Haar zu sehen war.

Don erkannte die Kleine, als sie ihm das Gesicht zuwandte. Es war die Tochter eines Lehrers. Sie hieß Lucy und musste elf oder zwölf Jahre alt sein. Sie hatte sich auf das Eis gewagt und war eingebrochen.

Noch lief er am Teich entlang. Er wollte die Fläche erst so spät wie möglich betreten, um nicht auch noch einzubrechen.

»Halte durch!«, schrie er. »Ich komme. Du brauchst keine Angst zu haben, ich bin gleich bei dir!«

Als wollte die andere Seite seine Worte Lügen strafen, knickten plötzlich einige der Zweige mit einem hässlichen Geräusch, und der Körper des Mädchens sackte tiefer.

Don betrat die Fläche mit einem vorsichtigen Schritt. Wo er stand, hielt sie, und sie sah auch recht fest aus. Nur bei Lucy war sie brüchig gewesen, weil dort die Sträucher aus ihr hervorragten.

Er ging auf sie zu, bewegte sich aber sehr vorsichtig. Seine Blicke waren mal abwechselnd auf das Eis gerichtet und dann wieder nach vorn, wo sich Lucy weiterhin verzweifelt festhielt. Derart bewegte sich Don auf sein Ziel zu. Dabei schoss ihm einiges durch den Kopf. Er erinnerte sich an einen Bericht aus dem Fernsehen. Es war ein Werbefilm für die Feuerwehr gewesen. Da wurde gezeigt, wie ein Mensch vom gebrochenen Eis geholt wurde. Der Feuerwehrmann hatte sich auf den Bauch gelegt, um sein Gewicht besser zu verteilen. Dann war dem Opfer ein Seil zugeworfen worden. Damit hatte es dann aus dem Wasser gezogen werden können. Doch Don hatte kein Seil, auch keine Stange.

Seine Schritte hatten ihn bereits näher an Lucy herangebracht. Das Entsetzen stand in ihrem Gesicht wie eingemeißelt. Sie musste unter einer wahnsinnigen Angst leiden. Sie steckte bis über die Hüften im Wasser und befand sich leider nicht direkt am Ufer; die Büsche, an denen sie sich festzuhalten versuchte, wuchsen wie ein Steg der Mitte des Teichs entgegen.

Um Lucy herum war das Eis gebrochen. Sie klammerte sich an den harten und gefrorenen Zweigen des Busches fest. Jemand, der nicht unter einer derartigen Panik stand, hätte es vielleicht schaffen können, sich bis ans Ufer zu hangeln, aber auf diese Idee kam Lucy erst gar nicht.

Don spürte, dass das Eis unter ihm seine Festigkeit verlor. Auch für ihn wurde es zum Risiko, wenn er auf den Beinen blieb. Er tat das, was er in dem Bericht gesehen hatte.

Langsam ging er in die Knie und legte sich dann auf den Bauch. Auf diese Weise war sein Gewicht besser verteilt. Er streckte die Arme vor und stellte fest, dass er Lucy so noch nicht erreichen konnte. Er musste näher an sie heran.

Nicht auf Lucy schauen. Nicht auf ihr Wimmern und leises Schreien hören. Nur an die Aufgabe denken und auch dem Eis lauschen, dessen Knirschen ihm verriet, wie brüchig es war.

Er schob sich auf Lucy zu, durch den Schnee, der die Eisfläche bedeckte. Auch sie hatte ihn jetzt erkannt. »Mach schnell, Don! Bitte, mach schnell!«

»Klar doch.«

Er kroch weiter. Den Kopf hatte er angehoben, und ein Stück weiter sah er bereits die ersten dünnen Risse, die auf die tödliche Gefahr hindeuteten – und er vernahm das leise Knirschen.

Don achtete bewusst nicht darauf. Er war nicht mehr weit von Lucy entfernt, die sich noch immer festklammerte, sich aber jetzt nach rechts gedreht hatte, was die Distanz zwischen ihnen etwas verkürzte.

Don schob sich so weit vor, wie er es wagen konnte. Unter ihm gab das Eis bereits nach, und er sah nicht weit von sich das Wasser, das in kleinen Wellen über die Bruchstellen im Eis schwappte.

Weiter konnte er einfach nicht.

»Lucy!«

»Ja?«

»Pass auf, Lucy. Wir packen es. Du musst nur versuchen, dich zur Seite zu biegen. Ist das okay? Kannst du es? Verlagere einfach dein Gewicht nach rechts, aber so kräftig wie möglich. Dann, glaube ich, schaffen wir es.«

»Ich will es versuchen!«

»Und reiß dich zusammen!«

Das Wasser schwappte näher. Es war wie bei einer Flut, die die Ebbe abgelöst hatte. In kleinen Wellenformationen kam es heran, aber es hatte Don noch nicht erreicht. Er wollte auch nicht mehr darauf achten, sondern sich voll und ganz auf Lucy konzentrieren. Und sie hielt sich zum Glück an seinen Rat.

Ein Ruck nach rechts. Es reichte nicht.

»Streck den Arm aus, Lucy!«

»Klar doch – klar!« Sie unternahm einen erneuten Versuch. Don behielt sie dabei genau im Auge, und sie nahm jetzt Schwung, schob ihren Körper zuerst nach links und wuchtete ihn dann mit aller Kraft in die Gegenrichtung, wobei sie den Arm so weit wie möglich ausstreckte.

»Das ist perfekt. Und jetzt …«

Die weiteren Worte wurden Don von den Lippen gerissen. Ein Geräusch ließ ihn verstummen. Es war nicht mehr das Brechen von Eis, sondern ein Knacken, als würden Äste brechen. Der Busch hatte zwar keine Äste, aber seine Zweige waren so hart gefroren, dass sie knirschend brachen.

In den folgenden Sekunden erlebte der Junge das Geschehen wie in der Zeit verzögert.

Lucy schrie. Sie fiel ihm entgegen. Sie hielt beide Arme ausgestreckt, und er schaute für einen Moment in ihre weit aufgerissenen und von Panik erfüllten Augen.

Dann brachen die Zweige, an denen sie sich festgeklammert hatte, endgültig. Es gab nichts mehr, woran sich Lucy hätte festhalten können, und sie fiel ihm entgegen.

Don richtete sich etwas auf und streckte ihr die Arme entgegen.

Er erreichte Lucy, bekam sie zu packen.

Sie schrie. Aber Don vernahm zugleich auch dieses verdammte und gefährliche Geräusch unter ihren beiden Körpern. Das Eis brach auch an dieser Stelle. Er dachte daran, dass er versinken und dann unter das Eis treiben würde, und genau das spornte ihn zu einer Höchstleistung an.

Er trat um sich. Zusammen mit Lucy, die er fest umklammert hielt, rutschte er auf der glatten Fläche zurück und setzte seine Hoffnungen darauf, eine dickere Schicht zu erreichen, die ihrer beider Gewicht aushalten würde.

Er rutschte weiter. In ihrer Panik war Lucy fast starr geworden, aber sie half ihm, indem sie ihre Beine bewegte.

Er spürte das eiskalte Wasser. Ob es von unten kam oder von der Seite, wusste er nicht. Dann knackte es wieder, aber sie sackten beide nicht ein, denn sie hatten einen Bereich erreicht, wo die Eisschicht wieder dicker war.

Don schob den Körper des Mädchens von sich, drehte sich nach links und sah Lucy auf dem Bauch liegen. Don selbst kniete auf dem Eis.

»Alles okay, Lucy?«

Sie zitterte. Klar, sie war auch klatschnass und hatte bis zu den Hüften im Eiswasser gehockt. Die Rettung war wirklich im allerletzten Moment erfolgt.

Er wusste, dass Lucy sich bewegen musste. Sie konnte in den nassen Klamotten nicht lange im Freien bleiben, und der Weg bis hoch zur Burg war noch weit.

Er zog Lucy hoch, die anfing zu weinen.

»Laufen! Wir müssen laufen …«

»Ja, schon gut.«

»Komm!«

Sie blieb noch stehen und schaute hoch zur Burg. Das Internat wurde vom Schein der Wintersonne in ein goldenes Licht getaucht und wirkte wie das Zauberschloss eines Magiers, das nur zu bestimmten Zeiten zu sehen war, ansonsten aber seinen Platz in einer völlig anderen Dimension hatte.

»Der Weg ist so weit, Don.«

»Weiß ich. Aber wir müssen es schaffen.«

»Nein«, sagte sie mit Zitterstimme, wobei sie sich Tränen aus den Augen wischte, »ich habe eine bessere Idee.«

»Und welche?«

»Wir gehen in den Ort. Da wohnt eine Freundin. Bei ihr zu Hause können wir anrufen und meinem Vater Bescheid geben. Bei Ellen kann ich mich auch aufwärmen.«

Don Harris gefiel die Idee, sodass er strahlend lächelte. »Dann nichts wie hin«, sagte er.

Beide fassten sich an den Händen. Don holte seinen Rucksack. Dann beeilten sie sich, ins Warme zu kommen ...

Zwei Stunden später befanden sich beide wieder im Internat, Lucy in der Wohnung ihres Vaters – die Lehrkräfte wohnten in einem Anbau –, und Don Harris saß allein in seinem Zimmer, das er sich mit Terry Sheridan teilte, einem Jungen, der ein Jahr älter war als er. Beide verstanden sich topp, und Don hätte keinen besseren Freund finden können.

Der Raum war spartanisch eingerichtet. Es war allerdings das vorhanden, was benötigt wurde: zwei Betten, zwei Schränke, zwei Regale, zwei Schreibtische und auch zwei Fenster, unter denen die Schreibtische ihre Plätze gefunden hatten. Wer einen Blick durch die Fenster warf, der sah den kleinen Ort unter der ehemaligen Burg liegen und konnte auch bis zu den Bergen schauen. Sie waren mit einer dicken Schneekruste bedeckt und sahen aus wie weiß schimmernde Riesenwellen, die mitten in der Bewegung erstarrt waren.

Don hatte sich auf sein Bett gesetzt. Er war froh, dass sich Terry nicht im Zimmer aufhielt. So konnte er sich seinen Gedanken hingeben, die sich nicht nur um die Rettung der jungen Lucy drehten. Es gab etwas, das ihm schon einige Probleme bereitete. Es war diese ungewöhnliche »Voraussicht«, wie er es für sich nannte. Er hatte etwas gesehen, was er unter normalen Umständen nicht hätte sehen dürfen, weil er den Ort des Geschehens noch nicht erreicht gehabt hatte.

Der Junge wusste nicht, ob er über diese Gabe – wenn es denn eine war – Freude empfinden sollte oder sich davor fürchten musste.

Don war ein Junge, der sich für vieles interessierte. Er war kein Superschüler, aber im Internat wurde den jungen Menschen manchmal auch etwas beigebracht, was über den eigentlichen Lernstoff hinausging. Das konnten naturwissenschaftliche Probleme sein wie auch philosophische – oder auch Fragen, die in einer normalen Schule nicht mal angeschnitten wurden, weil sie dem Bereich der Parapsychologie zuzuordnen waren.

Don hatte den Blick zu Boden gerichtet, seine Hände an die Wangen gelegt und die Ellbogen auf die Beine gedrückt.

Manchmal konnte er zum regelrechten Pedanten werden. Immer dann, wenn Don etwas erlebt oder erfahren hatte, das ihm unerklärlich war.

So auch in diesem Fall, und diesmal hatte dieser Vorgang mit ihm selbst zu tun. *Ich bin davon betroffen*, dachte er. *Ich und kein anderer. Wie ist das möglich? Und was genau ist passiert?*

Ihm kam ein Begriff in den Sinn, den er vor sich hin flüsterte: »Hellsehen …!«

Eigentlich verrückt. An so etwas und an ähnliche Phänomene hatte er nie geglaubt, aber präsent waren sie ihm schon.

Das ist ja krass, dachte er. *Das kriege ich nicht in die Reihe. Wieso ich? Warum gerade ich? Warum nicht Terry oder ein anderer Typ aus meiner Klasse?*

Sein Blick wanderte und blieb an dem Rucksack hängen, den er noch nicht ausgepackt hatte. Er war in London bei seinem Vater gewesen, und der hatte ihm ein Bild von seiner Mutter eingepackt, die leider bei seiner Geburt gestorben war. Sie war mit Sir Edward Harris verheiratet gewesen, hatte allerdings darauf bestanden, ihren Mädchennamen Elaine of Glastonbury zu behalten.

Aus Erzählungen seines Alten Herrn wusste er, dass sie eine besondere Frau gewesen war, und er bedauerte es, sie nicht kennen gelernt zu haben.

Nachholen ließ sich das leider nicht. Aber wie über seine Mutter gesprochen wurde, ließ darauf schließen, dass sie eine ungewöhnliche Frau gewesen war. So wie sein Vater heute ein besonderer Mann war. Denn er war Chef der Sicherheitsabteilung in der Europäischen Forschungsanstalt EFU. Auf Grund seines Berufs war er viel unterwegs, und da war es am besten gewesen, Don in ein Internat zu geben.

Don wollte auch nicht behaupten, sich in Gordonstown unwohl zu fühlen, nur war an diesem Tag eben etwas so Ungewöhnliches passiert, dass es ihn verwirrte und auch ein wenig ängstigte.

Hellsehen. In die Zukunft schauen. Dafür gab es einen Fachbegriff, der ihm nicht einfallen wollte. Aber wozu gab es Bücher? Computer standen noch nicht in den Zimmern, man diskutierte darüber, ob welche angeschafft werden sollten. Wer daran arbeiten wollte, musste in die Bibliothek gehen. Dort stand ein halbes Dutzend zur Verfügung.

Don suchte die Buchrücken kurz ab und wurde schnell fündig. Es war ein Lexikon und schon älter, sah aber noch neu aus, denn zu viele Schüler, die hier vorher gewohnt hatten, hatten es lieber im Regal stehen lassen.

Im Stehen las er. Dabei ging er logisch vor. Er kam zu dem Entschluss, dass er bei der Vorsilbe »Prä« nachschauen musste, schlug die entsprechenden Seiten auf, und auf einmal trat ein Glanz in seine Augen, denn schon auf den ersten Blick hatte er gefunden, was er suchte.

Präkognition!

Genau das war der Fachbegriff. Viel erklärt stand unter diesem Stichwort allerdings nicht.

Er begann erneut, sich Gedanken über das Geschehen zu machen. Das alles konnte auch ein Zufall gewesen sein. Das wäre natürlich möglich. Nur hatte er Probleme, einen Zufall als Erklärung heranzuziehen. Irgendwie konnte er nicht so recht daran glauben. Vielleicht deshalb, weil ihm mal ein Matheprofessor erklärt hatte, dass es Zufälle nicht gäbe; das würde der Logik widersprechen.

Don stellte das Buch wieder ins Regal zurück und wollte sich an seinen Schreibtisch setzen, als von außen her gegen die Tür geklopft wurde.

»Come in!«

Ein Mann schob die Tür nach innen. Es war Gus Taylor, der Vater von Lucy und zugleich Lehrer für Philosophie und alte Sprachen an dieser Schule.

»Darf ich eintreten, Don?«

»Bitte, gern.«

Taylor schloss die Tür von innen. Er nahm auf Terry Sheridans Drehstuhl Platz und nickte Don zu. »Ich bin gekommen, um mich noch mal bei dir zu bedanken für das, was du für meine Tochter getan hast. Du hast ihr das Leben gerettet.«

Es war eine Situation, die dem Jungen überhaupt nicht behagte. Davon zeugte auch sein säuerliches Lächeln. Er musste zunächst nachdenken, was er erwidern wollte, dann sagte er: »Bitte, Mr Taylor, das hätte doch jeder an meiner Stelle getan, glauben Sie mir.«

»Nein, Don, so sehe ich das nicht.« Taylor strich sich über das volle blonde Haar, das bis über seine Ohren wuchs und auch den Nacken bedeckte. »Das hätte nicht jeder getan.«

»Doch.«

Taylor schüttelte den Kopf und winkte mit beiden Händen ab. »Du hast dich selbst in große Gefahr begeben, um Lucy zu retten, und dieses Risiko wäre nicht jeder eingegangen.«

»Daran habe ich nicht gedacht.«

»Aber es ist so.«

Don hob nur die Schultern, dann wollte er wissen: »Wie geht es Lucy? Sie hat ziemlich gefroren.«

»Es geht ihr wieder besser. Sie wurde erst mal in die Badewanne gesteckt und liegt jetzt im Bett.« Taylor schüttelte den Kopf und seufzte laut. »Dabei ist ihr verboten worden, speziell diesen Teich zu betreten. Nun ja, es wird ihr in der Zukunft eine Lehre sein.«

»Bestimmt.«

»Und du, mein lieber Don, hast bei mir noch etwas gut, das verspreche ich dir. Vielleicht kann ich mich irgendwann mal revanchieren. Mich jedenfalls würde es freuen.«

Don schluckte und schaute zu Boden. Er war verlegen geworden, denn so etwas war er nicht gewohnt. Sein Lehrer verabschiedete sich per Handschlag von ihm, und Don bat ihn noch, dass er Lucy grüßen sollte.

»Versprochen.«

Mr Taylor verließ das Zimmer, und Don war wieder mit seinen Gedanken allein. Er dachte weniger an Lucys Lebensrettung als an seine Vorahnung, die er sich nicht erklären konnte.

Oder anders: Er konnte sich nicht erklären, warum gerade *er* diese Gabe hatte, und fragte sich, ob sie noch mal auftreten würde …

Lange blieb Don nicht allein. Jemand stieß heftig die Zimmertür auf und sprang über die Schwelle. Das war typisch Terry Sheridan. Immer in Action, immer auf dem Sprung.

»He, Lebensretter!«, rief er und lief auf Don zu, um ihn abzuklatschen. »Das war spitze, Mann!«

Don wich zurück. »Hör doch auf mit dem Unsinn.«

»Jeder spricht davon!« Terry ließ sich auf seinen Stuhl fallen. »Jetzt erzähl mal!«

»Da gibt es nicht viel zu erzählen …«

»Sei nicht so bescheiden.«

»Ich bin ganz zufällig vorbeigekommen, ehrlich. Ich stieg aus dem Zug, wollte zu Fuß zum Internat, den Hügel hoch, und da habe ich es dann gesehen. Das ist alles.«

»Aber du warst auf dem Eis!«

»Klar.«

»Hätte nicht jeder getan.«

»Du aber doch, oder?«

Terry verzog das Gesicht zu einem Grinsen, und dabei schienen sich die zahlreichen Sommersprossen auf seinem Gesicht zu bewegen. Sie passten zu seinem naturroten Haar, das sich jedem Kamm entgegenstemmte und auch mit einer Bürste nur schwer zu bändigen war. Nur hatte Terry keine grünen Augen, sondern dunkle, was er als ungewöhnlich ansah, denn bei anderen Rothaarigen war die Iris normalerweise grün.

»Ich muss noch mal weg, Don.«

»Und wohin?«

»Ich will mir meine Boxhandschuhe zurückholen, die ich verliehen habe.« Seine Augen funkelten plötzlich. »He, hast du Lust auf einen kleinen Kampf?«

»Überhaupt nicht.«

Terry streckte seinen rechten Zeigefinger aus. »Du weißt, dass unser letzter Fight unentschieden endete. Wir sind uns beide noch was schuldig.«

»Klar, aber später.«

»Ist gut, ich bin dann weg.«

Don war froh, wieder allein zu sein. Terry war zwar ein toller Typ, aber auch jemand, der immer Hektik verbreitete, und genau die konnte er im Moment so gar nicht brauchen.

Er wollte noch seinen Rucksack auspacken, öffnete die beiden Klettverschlüsse und holte zuerst das gerahmte Bild seiner Mutter hervor, das obenauf lag.

Don musste schlucken. Obwohl er seine Mutter nie kennen gelernt hatte, überkam ihn eine gewisse Traurigkeit. Seine Mutter war eine wunderschöne Frau gewesen und auf diesem Foto besonders gut getroffen. Sie saß in einem hochlehnigen Sessel, der vor einem Waldrand stand, und lächelte in die Kamera.

Ein sehr ebenmäßig geschnittenes Gesicht. Weiche sinnliche Lippen. Augen, die leicht verhangen blickten. Dazu die dunklen langen Haare, die an verschiedenen Stellen einen rötlichen Schimmer zeigten.

Elaine of Glastonbury trug auf dem Foto ein geblümtes Sommerkleid, dessen Saum in Höhe ihrer Knie endete.

Sie lächelte. Aber dieses Lächeln machte auf den Jungen keinen so fröhlichen Eindruck. Es schien ihm eher ein wenig gequält zu sein, auch traurig und wissend zugleich.

Je länger Don das Bild betrachtete, umso stärker wünschte er sich, mit seiner Mutter sprechen zu können. Leider war das nicht möglich. Wenn er ihr Lächeln genauer betrachtete, dann hatte er das Gefühl, dass sich dahinter etwas verbarg, etwas Geheimnisvolles, etwas, das sie gewusst hatte, das aber nicht für die Öffentlichkeit bestimmt gewesen war.

Ja, für ihn war dieses Lächeln irgendwie geheimnisvoll. Eine andere Person hätte das sicherlich anders gesehen. Er wusste nicht, woran das lag.

Obwohl er seine Mutter nie gekannt hatte, liebte er sie. Vielleicht war das seltsam, doch er hielt es für eine positive Eigenschaft.

Don brachte das Bild zu seinem Nachttisch und stellte es dort ab. So hatte er dieses schöne Gesicht immer im Blick, wenn er mit offenen Augen im Bett lag oder am Morgen erwachte.

Sein Vater sprach nur wenig über seine verstorbene Frau. Wenn Don ihn auf sie ansprach, waren seine Antworten stets ausweichend. Dafür musste es einen Grund geben. Don nahm sich fest vor, seinen Erzeuger das nächste Mal nach diesem Grund zu fragen.

Erneut wurde die Tür heftig aufgestoßen. Abermals stürmte Terry Sheridan ins Zimmer.

»Da sind sie!« Er hatte die ochsenblutfarbenen Boxhandschuhe übergestreift und riss beide Hände in die Höhe. »Na, Kumpel? Wirklich keine Lust auf einen kleinen Fight?«

Don Harris schüttelte den Kopf. Er würde seine Handschuhe nicht aus dem Schrank holen.

»Du bist feige, Mann!«

»Nein, ich hab nur keinen Bock.«

Terry akzeptierte das nicht. Er tänzelte im Zimmer herum, ließ mal die Linke vorschnellen, dann die Rechte. Dabei zielte er nach einem imaginären Sandsack.

Don hockte da und schaute ihm zu.

Eigentlich wäre alles normal gewesen, aber nicht für Don. Er wusste plötzlich, was sein Freund Terry vorhatte, bevor er dies in die Tat umsetzte.

»Jetzt die Rechte«, murmelte Don. »Dann zur Seite. Die Linke kommt als Gerade. Die Rechte als Uppercut hinterher. Jetzt die Deckung hoch. Zurückweichen. Das Gleichgewicht bewahren. Ducken. Beide Fäuste hoch …«

Er sprach vor sich hin, hielt den Kopf gesenkt und den Blick zu Boden gerichtet. Und während er so dahockte, konnte er stets im Voraus sagen, welche Bewegung sein Freund Sekundenbruchteile später ausführte.

Terry Sheridan war nicht so sehr in sein Schattenboxen versunken, dass er das nicht mitkriegte. Zu Beginn hatte er kaum auf die Kommentare geachtet, doch das änderte sich, als ihm bewusst wurde, dass Don wirklich jede seiner Bewegungen genau ankündigte.

Plötzlich ließ er die Arme sinken. Etwas schwer atmend blieb er stehen und fragte: »Was war das denn?«

Don hob den Blick. »Was meinst du?«

»Deine Kommentare.«

»Wie?«

Terry verdrehte die Augen. »Hör doch auf, Mann. Denkst du, ich habe Bohnen in den Ohren. Ich konnte genau verstehen, was du gesagt hast. Sehr gut sogar.«

Auf Dons glatter Stirn bildete sich eine Falte. »Und was habe ich gesagt?«

»Ha, kannst du dich daran nicht erinnern?«

»Nein.«

»Du hast jeden Schlag, zu dem ich angesetzt habe, schon vorher erkannt oder vorausgeahnt. Na, ist das was?«

»Ich ... ich weiß nicht ...« Don versuchte, die Sache herunterzuspielen. »Du hast dich bestimmt verhört.«

»Irrtum, das habe ich nicht.«

Don hob die Schultern.

»Hast du denn überhaupt gemerkt, dass du gesprochen hast?«, fragte Terry. »Ist dir das aufgefallen?«

Und ob es ihm aufgefallen war. Nur wollte Don das nicht zugeben. Er strich sich über die Stirn und murmelte: »Ich kann mich nicht erinnern. Wahrscheinlich war ich mit meinen Gedanken ganz woanders. Das war es dann auch.«

Terry blieb stur. Er streifte die Handschuhe ab und warf sie auf sein Bett. »Nicht für mich, Don, nicht für mich. Das hier hat eine andere Dimension.«

»Unsinn.«

»Doch, hat es!« Wenn sich Terry Sheridan irgendwo festgebissen hatte, ließ er so leicht nicht mehr locker. Da war er wie ein Pitbull. »Warum sagst du nicht ehrlich, was los ist?«

Don gab keine Antwort. Oder eine, mit der Terry nichts anfangen konnte. Er hob die Schultern, und sein Gesicht blieb dabei recht starr.

»Du willst es nicht sagen, Don!«

»Verdammt, ich weiß nicht, was du meinst!«

»Hast du es denn wenigstens gemerkt?«

»Nein, hab ich nicht.« Das war zwar gelogen, aber Don hoffte, dass seinen Freund die Antwort zufrieden stellte.

Terry wusste nicht mehr, was er noch sagen oder fragen wollte. Mit einer heftigen Bewegung winkte er ab und ließ sich auf dem Bett nieder. »Mit dir ist ja nicht zu reden, Mann.«

»Vielleicht hast du dich einfach nur verhört.«

Terry lachte auf. »Wenn das so wäre, dann müsste ich wirklich mal zum Ohrenarzt.« Er schaute seinen Freund an. »Aber ich werde noch herausfinden, was mit dir los ist, Don. Ganz bestimmt sogar …«

2

Hinter der Scheibe des Fensters hingen die dünnen Zweige einer Trauerweide nach unten. Sie schufen genügend Schatten, sodass es in den heißen Sommertagen immer ein kühles Plätzchen vor dem Haus gab. Deshalb stand unter der Weide auch eine große Bank, die allerdings zu dieser Zeit unbesetzt war. Der April war eben nicht der Monat, an dem man draußen saß und Kaffee trank.

Den konnte man im Haus zu sich nehmen, wie es Don Harris gerade tat. Er saß an seinem alten Schreibtisch im Erdgeschoss der viktorianischen Villa, und vor ihm standen einige Blumensträuße in ihren Vasen, die ihm Freunde und Kollegen zum dreißigsten Geburtstag geschenkt hatten, zumeist Mitarbeiter und Mitarbeiterinnen der ESI, für die Don seit zwei Jahren arbeitete. Direkt nach dem Studium hatte er diesen Job angenommen und war somit dem Rat seines Vaters gefolgt.

Don Harris war bei der ESI als Field Agent tätig, war also ein Mann an vorderster Front, denn nach dem Zusammenbruch des Ostblocks hatte sich die Lage keinesfalls entspannt. Sie hatte sich sogar verschärft, da brauchte man nur an den 11. September zu denken.

Aber für die freie Welt gab es auch noch andere Bedrohungen: Organisationen, die im Verborgenen arbeiteten und uralten Mysterien nachjagten. Sie wollten die Geheimnisse der Vergangenheit missbrauchen, um sich auf diese Weise die Zukunft zu unterwerfen. Darauf hatte die ESI ein Auge, und wenn über einen Fall genug Material zusammengetragen war, mussten Leute wie Don Harris ran, um eventuelle Brände zu löschen.

Es hatte ihn nicht viel Überwindung gekostet, der European Special Intelligence beizutreten, nachdem er sein Studium abgeschlossen hatte. In Oxford hatte er Wirtschaftswissenschaften und Geschichte studiert, und er hatte sich auch mit Grenzwissenschaften beschäftigt, aber das hatte er nie an die große Glocke gehängt. Nur seinen Vater hatte er eingeweiht. Der hatte ihn nur angeschaut und genickt, so als hätte ihn dieses Bekenntnis nun gar nicht überrascht.

Schon während seines letzten Semesters hatte die ESI Kontakt mit Don aufgenommen. Nach dem Studium hatte er bei dieser Organisation eine zweite Ausbildung absolviert, und die war nicht eben ein Zuckerschlecken gewesen. Mitglieder von Spezialkommandos erhielten eine ähnliche Ausbildung: Kampftechniken, Schießen, Waffentechnik, das Umgehen mit Sprengstoff, Lauschangriffe, Verhörmethoden – alles, was aus einem Menschen einen Kämpfer und perfekt funktionierenden modernen Soldaten machte.

Allerdings hatte man das psychologische Training nicht vernachlässigt, denn man wollte keine gewissenlosen Killer heranzüchten. Jedes Menschenleben war wichtig, so wurde den neuen Rekruten unerbittlich eingetrichtert. Schließlich war es ihr Job, Menschenleben zu verteidigen, zu bewahren und notfalls auch zu retten.

Bei Don Harris hatte sich während der Ausbildung eine weitere Begabung gezeigt: Er ließ sich einfach nicht beschatten. Er ahnte stets voraus, wo sich der Gegner befand, was er trieb und machte und vorhatte. Dadurch war er der Gegenseite immer einen Schritt voraus. Eine Erklärung dafür gab es nicht.

Allerdings erinnerte ihn diese »Begabung« an die Ereignisse aus seiner Schulzeit. Es hatte damit angefangen, dass er einem Mädchen das Leben gerettet hatte, das im Eis eingebrochen gewesen war. Zuvor hatte er diese Situation in einer Art Vision erlebt.

In der Zwischenzeit hatten ihn immer wieder derartige Visionen oder Ahnungen heimgesucht, ohne dass er sie kontrollieren konnte oder anderweitig Einfluss darauf hatte. Stets ermöglichten sie ihm einen Blick in die Zukunft oder an einen anderen Ort. »Präkognition« wurde das in der Parapsychologie genannt.

Irgendwann in den letzten Jahren hatte er aufgehört, über seine »Begabung« zu grübeln. Ab einem bestimmten Zeitpunkt hatte er sie einfach hingenommen.

Jetzt war er dreißig …

Seine Lippen verzogen sich zu einem schiefen Lächeln, als er daran dachte. Die große Feier in einem Londoner In-Lokal lag hinter ihm. Es gab Menschen, die vor diesem Alter Angst hatten. Nicht so Don Harris. Er war der Ansicht, dass das Leben bei ihm noch mal richtig Atem geholt hatte, um in die Vollen zu gehen.

Trotz seines anspruchsvollen und einnehmenden Jobs

hatte Don nie vergessen, wirklich zu leben. Er war weiß Gott kein Mönch, und er liebte Wein, Weib und Gesang. Ja, er war kein Kostverächter, in keiner Beziehung. Sein Leben konnte jeden Tag zu Ende sein. Wenn man für die ESI, die European Special Intelligence, arbeitete, lebte man gefährlich. Er musste immer damit rechnen, dass der nächste Einsatz auch sein letzter war.

In seinem Büro fühlte er sich wohl. Die beiden großen Fenster, der alte Schreibtisch – ein Erbstück übrigens –, die Regale mit den Büchern, die gelbbraunen Ohrensessel aus Leder, der dicke Teppich, der den Holzboden bedeckte – das alles gab dem Raum etwas Gediegenes und auch Wertkonservatives.

Ein Fremder, der das Büro betrat, hätte auch meinen können, einen Clubraum betreten zu haben, wenn nicht auf dem Schreibtisch der modernste Laptop gestanden hätte, angeschlossen an einen Drucker, der so gut wie lautlos arbeitete. Videokonferenzen waren jederzeit möglich. Nur konnte man diese Gespräche nicht heimlich abhören, dafür hatten die Experten gesorgt.

Don Harris war froh, dass er seinen Geburtstag so fröhlich hatte feiern können. Ein Fall war ihm nicht dazwischengekommen. Im Moment ließ er es auch ruhiger angehen als sonst. Seine Aktivitäten beschränkten sich mehr auf das Auswerten von Nachrichten, die aus aller Welt eintrafen. Dabei ging es zumeist um Personen, die verdächtigt wurden, der Terrorszene anzugehören.

Nur wenige Menschen ahnten, wer in dieser Villa saß. Offiziell residierten hinter diesen dicken Mauern ein Verlag und eine Außenabteilung der EU. Zwei Firmen, die nicht unbedingt im Fokus der Öffentlichkeit standen wie manche Konzerne.

Don Harris griff zu seinem Becher und nahm einen Schluck Kaffee. Er überlegte, ob er nicht früher nach Hause fahren und jemanden anrufen sollte, mit dem er einen netten Abend verbringen würde. Es gab da eine Frau, sie hieß Nancy Goldman. Sie hatten sich schon ein paar Mal getroffen, hatten auch miteinander geschlafen und eine wirklich wilde Nacht verbracht.

Bei der Geburtstagsfeier war Nancy nicht dabei gewesen, obwohl sie sich seit zwei Tagen in London aufhielt und für einige Tage in ihrem Stammhotel abgestiegen war. Aber sie hatte geschäftlich in London zu tun und nur sehr wenig Zeit, das hatte sie Don angekündigt. Wahrscheinlich hatte sie auch vor lauter Arbeit Dons Geburtstag völlig vergessen, sonst hätte sie sicherlich versucht, ihn anzurufen. Das hatte sie nämlich versprochen, als er ihr von seinem Geburtstag erzählte. Schon seltsam, dass sie das Versprechen nicht eingehalten hatte …

Don konnte sich nicht entscheiden – Nancy anrufen oder einen ruhigen Abend verbringen und mal richtig ausspannen. Er beschloss, das alte Kopf-oder-Zahl-Spiel durchzuziehen. Bei Kopf würde er sie anrufen, bei Zahl eben nicht.

Er holte eine Münze hervor, warf sie in die Luft und schaute zu, wie sie sich um sich selbst drehte. Geschickt fing er sie auf, schloss die Hand zur Faust, öffnete sie wieder und schaute auf die Zahl.

»Dann eben nicht«, murmelte er. Doch in seiner Stimme schwang auch ein leises Bedauern mit.

Er stand auf, ging zum Fenster, öffnete es und schaute in den kleinen Park, in dem die Villa stand. Der März war soeben vorbei, und der Winter hatte sich verabschiedet. Die Bäume zeigten ihr erstes schwaches Grün, und die Luft war von einem Aroma oder Duft erfüllt, den Don mochte. Er hätte am liebsten zehn Nasenlöcher gehabt, obwohl die Luft für eine lockere Frühlingskleidung recht kühl war.

Die Villa stand auf einem Grundstück, das den Namen Park eigentlich nicht verdiente, aber für ein normales Grundstück recht groß war. Da stand nicht nur die Trauerweide; weiter hinten reckten sich einige Birken in den Himmel. Ihre hellen Stämme erinnerten Don immer an Skelette.

Don freute sich über den Gesang der Vögel, denn sie waren es, die den Frühling als Erste spürten.

Er schloss das Fenster wieder und ging zurück zu seinem Schreibtisch. Auf halbem Weg wusste er plötzlich, dass sich das Telefon melden würde.

Tatsächlich hörte er kaum drei Sekunden später das leise Tuten des schmalen Apparats in der Station.

»Ja …«

»Ach, er sitzt im Büro. Das habe ich mir doch gedacht. Wahrscheinlich hast du die Beine hochgelegt, nimmst einen Drink zu dir und denkst, dass die Arbeit auch andere machen können.«

»Wie so oft hast du Unrecht, lieber Terry.«

»Dann beweis mir mal das Gegenteil.«

»Gut, ich sitze hier, weil ich auf deinen Anruf gewartet habe, mein Freund.«

Sheridan sagte zunächst nichts. Erst nach einer Weile äußerte er: »Du wirst lachen, Don, aber das glaube ich dir sogar.«

»Perfekt.«

»Ja, und da wäre dann noch etwas, Don.«

»Rück raus damit.«

»Ich stehe hier vor einer Frauenleiche in einem Hotelzimmer. Und ich denke, dass du zu uns kommen solltest.«

Plötzlich war die Entspannung weg. Dons sehr maskulines Gesicht nahm einen harten Zug an.

»Wer ist ermordet worden? Das stimmt doch, jemand wurde ermordet, oder?«

»Ja.« Sheridan räusperte sich. »Ich fürchte, du kennst die Frau. Du hast mir mal von ihr erzählt. Laut Ausweis handelt es sich um eine Miss Nancy Goldman.«

»Ich komme«, sagte Don Harris nur …

Don Harris setzte sich in einen Dienstwagen, einen unauffälligen Nissan. In seinem Kopf jagten sich die Gedanken, überschlugen sich, ließen sich nicht in die Reihe bringen. Don Harris war verwirrt, durcheinander.

Nancy Goldman war tot! Ermordet, das lag auf der Hand. Aber warum hatte sie sterben müssen? Möglicherweise konnte ihm Chief Sheridan mehr dazu sagen.

Don hatte seinen alten Freund Terry nicht nach dem Hotel zu fragen brauchen. Er wusste, wo Nancy stets abgestiegen war, wenn sie sich in London aufhielt. Das Hotel lag außerhalb der eigentlichen City und war ziemlich groß und anonym, was Nancy jedoch nie gestört hatte.

Wohl mehr aus alter Gewohnheit hatte sie immer wieder dort eingecheckt.

Man hatte sie umgebracht. Warum? Was steckte dahinter?

Während der Fahrt überlegte Don, was er von ihr wusste. Sie hatte gutes Essen geliebt und auch entsprechende Restaurants in Europa gekannt, aber das war kein Grund für einen Mord. Also dachte er an den Beruf, den sie ausgeübt hatte.

Nancy hatte bei einer Hightech-Firma gearbeitet. Was dort genau hergestellt wurde, darüber hatten sie nie gesprochen. Jedenfalls reichten Nancys Beziehungen bis hinein in die höchsten Kreise der Regierung. Man hätte sie als eine Verbindungsfrau bezeichnen können, denn ihre Aufgabe war es gewesen, Kontakte zu knüpfen, geschäftliche Beziehungen herzustellen und somit verschiedene Menschen an einen Tisch zu bringen.

Sosehr sich Don auch den Kopf zerbrach, er fand einfach keine Lösung, er kam auf kein Ergebnis, das ihn zufrieden gestellt hätte, und so setzte er all seine Hoffnungen auf seinen Freund Terry Sheridan.

Er kannte Terry seit ihrer Schulzeit im Internat. Danach hatten sich ihre Wege getrennt. Terry war beim Metropolitan Police Service gelandet, weltweit bekannt als »Scotland Yard«. Dank seiner außergewöhnlichen Begabung hatte er in der Kriminalabteilung des MPS, dem Criminal Investigation Department – CID –, eine steile Karriere hingelegt, stand schon in jungen Jahren recht weit oben in der Hierarchie und wurde von seinen Mitarbeitern schlicht und ergreifend mit »Chief« angesprochen.

Hin und wieder arbeitete er auch mit anderen Polizeibehörden zusammen; er hatte ein Händchen dafür, es so hinzubekommen, dass selbst die beiden großen Londoner Polizeiorganisationen – die Metropolitan Police mit Sitz im New Scotland Yard und die City of London Police, kurz City Police genannt – hervorragend miteinander kooperierten und Konkurrenzdenken erst gar nicht aufkam.

Da das Hotel, in dem Nancy ermordet worden war, außerhalb der City of London lag, war der Metropolitan Police Service für diesen Fall zuständig. Wahrscheinlich aber hätte die City Police ansonsten Terrys Männer angefordert und offiziell um Amtshilfe gebeten, denn bei Nancys beruflichem Hintergrund war ein terroristisches oder staatsfeindliches Motiv nicht auszuschließen, und seit den Londoner Terroranschlägen vom 7. Juni 2005 konzentrierte sich die Arbeit von »Scotland Yard« immer mehr in diese Richtung.

Don Harris war froh, dass er Terry kannte. Er vertraute ihm, und wenn er ihn sah, dann musste er stets an die vergangenen Zeiten denken. Terrys rote Haarpracht ließ sich noch immer nicht bändigen. Auch die Sommersprossen waren nicht weniger geworden, und da waren auch die dunklen Augen, die so gar nicht zu dem Rothaarigen passen wollten. Nichts an ihm hatte sich verändert.

Don erreichte das Hotel später als gedacht. Er ließ den Nissan nicht vor dem Eingang ausrollen, sondern fuhr hinter das Haus, wo die Firmen, die Nachschub brachten, ihre Fahrzeuge parkten.

Dort standen auch die Wagen der Spurensicherung.

Don ließ den Nissan direkt neben dem Leichenwagen ausrollen und stieg aus.

Sofort sah er einen Uniformierten kopfschüttelnd auf sich zukommen. »Sie müssen hier weg, Sir, und …«

Don wuchtete die Tür zu. »Nein«, sagte er, »ich bleibe.« Er zeigte dem Uniformierten seinen Ausweis, den der Mann erstaunt betrachtete. »Ich muss zu Chief Sheridan!«

»Der ist oben, Sir.«

»Welches Stockwerk?«

»Siebtes.«

»Danke.«

Mit zügigen Schritten ging Don Harris auf die Hintertür zu. Dort sah er einen weiteren Kollegen, der ihm sogar den breiten Eingang öffnete und salutierte.

Natürlich sah es hier nicht so aus wie am Haupteingang des Hotels. Da hatte man sich nicht herausgeputzt, es gab keine Teppiche, keine Sitzmöbel, sondern graue Wände mit ebenfalls grauen Eisentüren.

Die breite Tür zum eigentlichen Hotelbereich war geschlossen. Don drückte sie auf, ging hindurch und vernahm leise Musik aus dem Foyer.

Einen Fahrstuhl hatte er schnell gefunden. Bevor er einstieg, warf er einen Blick in die Lobby. Dort schien alles völlig normal. Nichts deutete darauf hin, dass in diesem Hotel ein Mord stattgefunden hatte. Jeder Hotelier würde sich auch davor hüten, seine Gäste darüber zu informieren, dass die Polizei im Hause war.

Nach einem sanften »Pling« öffnete sich die Lifttür. Don Harris stieg ein. Sein Finger berührte die Sensortaste mit der Zahl Sieben, und er ließ sich nach oben fahren.

Währenddessen dachte er unentwegt an Nancy. Aus irgendeinem Grund wusste er, dass ihr Tod der Beginn einer ganzen Kette von gefährlichen Ereignissen war. Ereignisse, in die er hineingezogen werden sollte.

Warum war er sich da so sicher? Hing es mit seiner Begabung zusammen? Ja, so musste es sein. Er hatte trotz der langen Jahre noch keine Erklärung für seine Vorahnungen gefunden. Er nahm diese »Gabe« einfach hin, obwohl er sich sicher war, dass noch mehr dahintersteckte. Es war so etwas wie ein Erbe – nur wer hatte ihm dieses Erbe mitgegeben? Die Mutter oder der Vater?

Wie so oft nahm er sich vor, mehr über seine Mutter in Erfahrung zu bringen, die bei seiner Geburt leider gestorben war. Alle, die sie gekannt hatten, waren der Meinung gewesen, eine besondere Frau vor sich zu haben. So hatte sich auch sein Vater stets geäußert. Nur war er nie wirklich ins Detail gegangen, hatte immer Ausflüchte gefunden und sich um eine klare Antwort herumgedrückt.

Der Lift stoppte im siebten Stock. Wieder hörte er das »Pling«, dann öffnete sich die Tür und gab ihm den Weg in den Hotelflur frei. Er war von der üblichen Neutralität, wie man sie von den Häusern der großen Hotelketten her kannte.

Don verließ die Liftkabine. Er spürte die innerliche Spannung wie ein leichtes Fieber. Er würde nicht nur bald vor einer Leiche stehen, er hatte diese Frau auch gekannt, hatte mit ihr geschlafen und sehr schöne Stunden mit ihr verlebt.

Er musste nach links. Im Gang standen zwei Uniformierte. Einer sprach in sein Handy. Der zweite schaute

Don Harris fragend an, und wieder musste er seinen Ausweis zeigen.

»Danke, Sir.«

Don musste noch einige Meter weit gehen. Er kam sich nicht eben vor wie ein Delinquent, der zur Hinrichtung schreitet, trotzdem hatte ihn ein bedrückendes Gefühl überkommen. Außerdem mochte er die trockene Hotelwärme nicht. Ob die Schweißperlen auf seiner Stirn allerdings davon herrührten, konnte er nicht sagen.

Er hatte die Tür des Mordzimmers noch nicht erreicht, als jemand den Raum verließ. Es war Terry Sheridan. Er trug einen hellen Mantel und zupfte an den dünnen Plastikhandschuhen, ohne sie allerdings abzustreifen.

»Ich bin da«, sagte Don.

Terry drehte sich, nickte und lächelte kantig. »Tut mir leid«, sagte er. »Ich weiß, dass du Miss Goldman gut gekannt hast.«

Don stoppte seine Schritte, und bei der nächsten Frage schaute er Terry direkt in die dunklen Augen. »Wie ist es passiert?«

»Ein Schuss. Einer nur.«

»Und?«

Terry schüttelte den Kopf. »Genau in den Hals«, sagte er. »Die Kugel hat die Halsschlagader zerfetzt. Wundere dich deshalb nicht über das viele Blut.«

»Okay, verstanden.« Don rührte sich noch nicht, dachte nach und fügte hinzu: »Und als du vor der Toten gestanden hast, da dachtest du sofort an mich, ja?«

»So ist es, Don. Obwohl … na ja, wir haben ja kaum über Nancy Goldman gesprochen.«

Don ahnte, dass dieser Antwort noch etwas folgen würde. So fragte er: »Und weiter?«

»Du wirst es dir selbst ansehen können. Die Spurensicherung ist zwar noch nicht durch, aber ich halte es für wichtig, dass du dir den Tatort anschaust.«

»Okay, gehen wir.«

Das bedrückende Gefühl nahm bei Don Harris zu, als er über die Schwelle schritt. Das Zimmer hatte nicht die normale Standardgröße. Man konnte es als eine Juniorsuite bezeichnen. Es gab ein Bad und zwei Räume, die allerdings ineinander übergingen. In einem Zimmer stand das Bett, das andere diente als Livingroom.

Männer in weißen Schutzanzügen waren mit der Spurensicherung beschäftigt. Auf dem Teppich waren kleine Schilder mit Zahlen aufgestellt worden. Auch Blutspuren waren auf dem Teppich zu sehen, teilweise verschmiert, als wäre etwas über sie hinweggeschleift worden. Don fiel ein offener Koffer auf und eine ebenfalls geöffnete Handtasche, die auf einem Glastisch stand. Der Inhalt der Tasche war auf der Tischplatte verteilt. Eine Vase mit Frühlingsblumen war zur Seite geschoben worden, um den nötigen Platz zu schaffen.

»Die Tote liegt im Bett, Don.«

»Ausgezogen?«

»Nein. Sie trägt auch keine Nachtwäsche, sondern ein blaues Business-Kostüm.«

»Hat sie ihren Mörder ins Zimmer gelassen?«

»Spuren eines Einbruchs haben wir nicht entdeckt«, antwortete Terry Sheridan. »Es sieht vielmehr so aus, als hätte sie direkt an der Zimmertür gestanden, als die Kugel sie traf, denn auch am Türrahmen fanden wir Blut. Der Mörder muss sie danach zum Bett geschleppt haben.«

Die beiden Männer passierten den Durchgang zum Schlafzimmer. Auch hier waren Blutspuren zu sehen. Don hatte weiche Knie bekommen. Die Männer in den hellen Overalls um ihn herum nahm er gar nicht wahr. Er hatte nur Augen für das Bett, auf dem die tote Nancy lag wie hindrapiert, als wäre dies alles das dramatisch-kitschige Werk eines Künstlers.

Terry Sheridan blieb zurück, während Don noch näher an das Bett herantrat und an der linken Seite stehen blieb. Die Kollegen blieben im Hintergrund. Don war ihnen dankbar dafür, und trotzdem »funktionierte« er in diesen Augenblicken. Er dachte nicht mehr an sein Verhältnis zu Nancy Goldman, sondern betrachtete ihre Leiche allein als die einer Frau, die man ermordet hatte und deren Mörder er dingfest machen wollte.

Don schaute in das starre Gesicht der Toten. Sie hatte in den letzten Sekunden ihres Lebens weder Entsetzen verspürt noch Überraschung, denn nichts davon malte sich auf ihren Zügen ab. Er sah die blonden Haare, perfekt zu einer Kurzhaarfrisur geschnitten. Aber er sah auch die roten Flecken auf dem Gesicht, die die Blutspritzer hinterlassen hatten.

Man hatte Nancy in die Kehle geschossen. Das konnte niemand übersehen. Die Kugel hatte den Hals zerfetzt, und sehr viel Blut war ausgetreten. Ein roter Schal schien um den Hals der Toten zu liegen, wobei ein großer Teil des Blutes in das Laken und die Matratze eingesickert war.

Warum nur?

Don dachte intensiv darüber nach, nur wusste er keine Antwort. Da war nichts; es war ihm, als herrschte eine große Leere in seinem Kopf.

In die Kehle geschossen. Einfach so – und dann? Was war danach passiert? Es war etwas geschehen, denn offenbar hatte sich Nancy noch zu einer wahnsinnigen Leistung aufgerafft, auch wenn man diese als makaber bezeichnen musste.

Don hob den Blick, schaute über die Leiche hinweg und auf die Wand am Kopfende des Bettes. Die Zahlen waren in einer krakeligen Schrift mit Blut geschrieben.

Er sah sie, aber er war noch zu dumpf im Kopf, um zu begreifen, *was* er sah.

»Verdammt«, flüsterte er schließlich. »Das … das kann doch nicht wahr sein …«

»Leider doch, Don. Es ist wahr«, sagte Chief Sheridan, der lautlos neben ihn getreten war. »Es ist deine Telefonnummer, die dort hingeschmiert wurde.«

»Ja«, flüsterte er, »ja, ich fange an, zu begreifen.« Don hob die Schultern. »Nur sehe ich keinen Grund dafür, warum sie dies getan hat?«

»Damit du ihren Mörder findest«, sagte Terry und fügte hinzu. »Sollte man meinen …«

Don hatte den Unterton in Terrys Stimme nicht überhört. Er blickte seinen Freund an. »Was genau soll das?«

Der Chief hob beide Hände und spreizte die Finger ab. »Ich will dich nicht aus dem Konzept bringen, aber bist du sicher, dass es Nancy war, die die Zahlen mit ihrem Blut dort hingeschmiert hat? Der Arzt meinte, der Blutverlust wäre sehr heftig und sehr plötzlich gewesen, denn immerhin hat die Kugel ihre Halsschlagader zerfetzt. Sie muss nicht nur sehr schnell gestorben sein, sondern hat wahrscheinlich auch sofort das Bewusstsein verloren. Schon an der Tür, wo die Kugel sie traf. So lautet jedenfalls die Schnellanalyse des Docs. Die ist natürlich nur vorläufig, bis wir die Ergebnisse der Obduktion haben.«

»Ich hoffe, dass es so war, denn dann hätte sie nicht lange leiden müssen«, murmelte Don. »Aber die Nummer an der Wand … Wer war es dann?«

»Keine Ahnung.«

»Sorry, Terry, ich gehe davon aus, dass sie es getan hat. Es ist ein makabrer Hilfeschrei, denke ich.«

»Aber es ist keine Spur, die zu ihrem Mörder führt, mein Junge.«

Don nickte. »Wie lange ist sie schon tot? Und wer hat sie gefunden?«

»Es hat sie in der vergangenen Nacht erwischt. Sie muss noch irgendwo gewesen sein. Nach ihrer Rückkehr hat sie nur den Mantel ausgezogen und ihn weggehängt. Dann muss der Killer gekommen sein. Und gefunden hat sie das Zimmermädchen. Es dachte, das Zimmer wäre leer, nachdem sie auf ihr Klopfen keine Antwort bekam. Das ist alles, was wir bisher herausgefunden haben. Hinweise auf den Killer gibt es nicht. Ich denke auch, dass sie Besuch von einem Profi bekommen hat.«

»Davon müssen wir wohl ausgehen«, bestätigte Don. Er atmete laut aus und drehte sich von der Leiche weg. An der Wand hing ein langer Spiegel, in dem er sich sah.

Ein hochgewachsener Mann mit einem durchtrainierten Körper. Recht breite Schultern, eine schmale Taille. Braunes Haar, das halblang geschnitten war. Die Augen ebenfalls braun. Er trug eine graue Cordhose, ein schwarzes Hemd und eine braune Lederjacke.

Man sagte ihm nicht unbedingt nach, dass er toll aussah, aber Don hatte etwas an sich, das die Frauen mochten. Möglicherweise sahen sie in ihm einen Beschützer, eben einen Mann, dem sie Vertrauen entgegenbringen konnten. Jedenfalls hatte ihn noch keine weibliche Person als Macho bezeichnet.

Zusammen mit Terry Sheridan entfernte er sich und ging in den anderen Raum, von wo man das Bett allerdings noch sehen konnte. »Um mehr über das Motiv der Tat herauszubekommen, müssen wir uns mit Nancy Goldmans Vergangenheit befassen. Ich denke, dass du uns dabei helfen kannst.«

»Ha, bist du sicher?«

»Wer sonst außer dir? Im Moment jedenfalls.«

»Ob du es glaubst oder nicht, Terry, wir waren beruflich nicht miteinander verbandelt. Ich kenne nicht mal ihre genaue Berufsbezeichnung. Ich weiß nur, dass sie für ein Hightech-Unternehmen gearbeitet hat. Das ist alles.«

»Was hat sie denn dort getan?«

Don machte mit beiden Händen eine hilflos wirkende Geste. »Sie war wohl dafür zuständig, irgendwelche Kontakte zu schaffen. Auch zu Regierungskreisen. Militär, Abwehrdienst – was weiß ich. So jedenfalls habe ich es verstanden. Ich kann mir auch durchaus vorstellen, dass die Tat irgendwie mit ihrem Beruf oder mit der Firma, für die sie tätig war, zusammenhängt.«

»Ja, und dann steht dort deine Telefonnummer mit ihrem Blut geschrieben an der Wand?« Terry verzog das Gesicht. »Irgendwie gefällt mir das nicht.«

»Mir auch nicht.«

»Jedenfalls haben wir hier noch zu tun. Sollten wir auf etwas stoßen, bekommst du natürlich sofort Bescheid.«

»Ist schon klar. Wenn du mich suchst, ich bin bei den Lifts. Dort gibt es eine kleine Sitzgruppe. Ich werde mich da niederlassen und erst mal nachdenken.«

»Tu das, Don.«

Harris warf noch einen letzten Blick auf die Tote. Es war ein Abschied von Nancy. Aber er schwor sich zugleich, den Killer zu fassen, der diese Bluttat begangen hatte.

Im Flur atmete er abermals tief durch. Den Geruch des Blutes bekam er nicht so schnell aus der Nase. Nachdenklich schaute er vor sich hin und bewegte sich mit kleinen Schritten auf den Bereich der Aufzüge zu. Die zwei Uniformierten standen noch immer am Ende des Gangs. Andere Gäste waren nicht zu sehen. Auch Mitarbeiter des Hotels ließen sich nicht blicken.

Don ging am Ende des Flurs nach rechts. Er sah die beiden Lifte. Gegenüber standen zwei Sessel und ein kleiner Tisch. Auf der Glasplatte lagen drei Magazine.

Don nahm Platz. Er streckte die Beine aus und wischte sich über die Augen. Das Bild der toten Nancy Goldman jedoch wollte nicht verschwinden. Es hatte sich in seine Erinnerung eingebrannt. Auch bei offenen Augen sah er sie auf dem Bett liegen und all das Blut um ihren Hals und ihren Kopf.

Dann aber verschwand das Bild, als wäre es von behutsamen Fingern zurückgezogen worden. Zugleich spürte Don einen heftigen Druck auf der Mitte seiner Stirn. So etwas hatte er noch nie erlebt. Der Druck war nur einen Augenblick spürbar, aber in dieser kurzen Zeitspanne geschah viel.

Die Umgebung tauchte einfach weg. Es gab keinen Flur mehr. Es gab auch keine Aufzugstüren – dafür aber etwas anderes. Ein fremdes Bild, das nicht stehen blieb, sondern sich bewegte wie bei einem Film, der langsamer ablief als normal.

Don spürte sich selbst kaum noch. Er versuchte natürlich, seine Gedanken zu ordnen, aber das Andere und völlig Fremde, das ihn plötzlich gepackt hatte, war stärker.

Die Realität war für ihn verschwunden und hatte einer Vision Platz geschaffen …

Ein Hotelflur. Rechts und links die Zimmertüren. Beides gehörte zu dem Hotel, in dem sich Don Harris aufhielt. Er sah alles so deutlich, als würde er direkt in dieser Szene stehen, und trotzdem war er nur Statist, denn er war nicht in der Lage einzugreifen.

Etwas stimmte nicht. Er befand sich im Hotelflur und tat dies wiederum nicht. Er war nicht im Hier und Jetzt. Oder genauer: Im »Hier« befand er sich schon, aber nicht im »Jetzt«, denn was er erlebte, fand zu einer anderen Zeit statt.

Don sah, wie ein Mann die Liftkabine verließ und in den Flur trat. Er war ziemlich groß. Das dunkle Haar lag flach auf dem Kopf und war nach hinten gekämmt. Das Gesicht war nicht zu erkennen, blieb verschwommen und bildete einen blassen Fleck.

Der Mann trug einen dunklen Wollmantel und durchschritt den Flur, bis er eine bestimmte Zimmertür auf der linken Seite erreichte. Er schob seine rechte Hand in die Tasche und klopfte mit der linken gegen die Tür. Danach trat er einen Schritt zurück, als wollte er eine bestimmte Distanz einnehmen.

Die Tür wurde geöffnet, und Nancy Goldman erschien.

Sie schaute den Mann an, der nichts sagte und nur die rechte Hand aus der Tasche zog. Und in der Hand lag eine Waffe mit aufgesetztem Schalldämpfer.

Nancy Goldman sah es. Sie wollte etwas sagen und öffnete den Mund, aber der Ankömmling war eiskalt. Er hob die Waffe ein wenig an und schoss.

Die Kugel jagte Nancy in den Hals. Blut spritzte hervor und sprudelte aus der Wunde. Der Killer ging sofort vor. Er fing den fallenden Körper ab, trat die Tür hinter sich zu und schleppte die Tote zum Bett, auf das er sie niederlegte. Von da an konnte er sich Zeit lassen.

Seine Hände steckten in sehr dünnen Handschuhen. Er würde keine Fingerabdrücke hinterlassen. Mit gemächlichen Schritten durchquerte er die beiden Räume, schaute auch im Bad nach und war zufrieden, dass sich in diesem Raum ebenfalls niemand aufhielt.

Danach ging er zurück in den Schlafraum. Neben dem Bett blieb er stehen. Sein Gesicht nahm dabei einen nachdenklichen Ausdruck an. Er sprach nicht, er schien kaum zu atmen, aber er beugte sich über die Tote und tunkte die Spitze des rechten Zeigefingers in das Blut. An die Wand am Kopfende des Bettes malte er mit akribischen Handbewegungen die Zahlenreihe auf. Es war die Nummer eines gewissen Don Harris.

Der Killer war zufrieden. Das deutete er durch ein Nicken an. Er schaute sich noch mal um, bevor er sich zur Tür begab und die Suite verließ.

Wie ein normaler Hotelgast schlenderte er durch den Flur. Er trat in die Kabine des Fahrstuhls und ließ sich nach unten fahren. Er zeigte keine Spur von Nervosität, als er die Lobby durchquerte, das Hotel verließ und drei Häuserblocks weiter in einen dunklen Wagen stieg, einen fünftürigen Megane.

Er war klug genug gewesen, nicht in der hoteleigenen Tiefgarage zu parken, denn dort gab es Videoüberwachung, und möglicherweise hätte man ihn auf den Bändern erkannt oder zumindest das Kennzeichen seines Wagens.

Der Fahrer gab Gas und fuhr davon …

Don Harris schreckte hoch. Er stieß dabei sogar einen leisen Schrei aus. Im ersten Moment fand er sich nicht zurecht und fühlte sich, als wäre er aus einem tiefen Traum erwacht. Ein Traum, der ihn belastet und ihm auch den Schweiß auf die Stirn getrieben hatte.

Aber Don wusste genau, dass es kein Traum gewesen war. Er war Zeuge eines Mordes geworden, auf »seine« Art und Weise. Diesmal jedoch war es keine Hellseherei gewesen, kein Blick in die Zukunft oder auf ein Geschehen, das sich zur gleichen Zeit an einem anderen Ort abspielte. Er hatte etwas gesehen, das sich in der Vergangenheit zugetragen hatte.

Genau das verwirrte ihn.

Don wusste seit seiner Jugend, dass er über eine außergewöhnliche Fähigkeit verfügte. In gewissen Situationen sah er Dinge schon im Voraus. Er war präkognitiv veranlagt und hatte sich damit abgefunden. Doch nun lagen die Dinge anders. Was er »gesehen« hatte, war ein Rückblick gewesen, und mit dieser Entwicklung musste er zunächst zurechtkommen, damit hatte er echte Probleme. Er spürte auch den Schweiß auf seiner Stirn, hob den Kopf an und schaute gegen die beiden Aufzugstüren. Aus der rechten war der Killer getreten, der Nancy eine Kugel in den Hals geschossen hatte. Da war er hundertprozentig sicher.

»Was ist das nur?«, flüsterte er. »Wer bin ich wirklich? Was macht man mit mir?«

»Was soll was sein?«

Die Stimme seines Freundes Terry Sheridan hatte ihn von der Seite her erreicht.

Don drehte den Kopf. Terry stand an die Wand gelehnt und machte den Eindruck, als wäre er nicht erst soeben aufgetaucht. Er musste dort schon seit einer Weile stehen.

»Du bist es«, sagte Don mit müder Stimme.

»Wer sonst? Und ich stehe nicht erst seit einer Sekunde hier. Ich habe dich beobachtet, Junge.«

Don hob die Schultern, sagte aber nichts.

»Bist du eingeschlafen?«, fragte Sheridan.

»Das nicht.«

»Du hast mir diesen Eindruck gemacht.« Sheridan löste sich von der Wand und setzte sich in den zweiten Sessel. »Irgendwie werde ich das Gefühl nicht los, dass mit dir etwas passiert ist und du mir möglicherweise etwas sagen willst. Natürlich will ich dich nicht zwingen, aber wir kennen uns verdammt lange, also …« Sheridan verstummte.

»Da war auch was«, flüsterte Don.

Terry legte ihm eine Hand auf die Schulter. »Bevor du mir etwas sagst, möchte ich fragen, ob es mit deiner … nun ja, deiner besonderen Gabe zusammenhängt. Du verstehst?«

»Sicher. Du kennst sie ja von früher.«

»Ich bin ganz Ohr.«

Don winkte mit einer matten Geste ab. »Diesmal war es nicht so, wie du es kennst. Es war in dem Sinne keine Präkognition.«

»Jetzt bin ich neugierig.«

»Ich würde es bezeichnen als … nun ja, es war ein Blick in die Vergangenheit.«

Terry sagte nichts, er musterte seinen alten Schulfreund nur, und sein Blick wirkte irgendwie argwöhnisch.

»Ja, das ist so«, bestätigte Don.

»Wie – so?«, fragte Terry.

»Ich habe etwas gesehen, was schon passiert ist«, erläuterte Don. »Und zwar einen verdammt kaltblütigen Mord.«

Sheridan schwieg zunächst. Vorgebeugt saß er da, hatte die Stirn gerunzelt und schaute zu Boden. »Das ist natürlich ein starkes Stück. Aber wieso hast du gerade einen Mord gesehen und …«

»Moment, Terry, so liegen die Dinge nicht. Ich habe

nicht einfach nur einen Mord gesehen, sondern einen bestimmten. Kannst du dir denken, welchen?«

»Sag nicht, dass es der Mord an Nancy Goldman war, Don.«

»Doch, der war es!«

Der Chief blies den Atem gegen seine Nase. Er schwieg, schielte seinen Freund von der Seite her an, nickte irgendwann und flüsterte mit rauer Stimme: »Das ist hammerhart, weißt du das?«

»Ich kann es nicht ändern.«

»Dann kennst du den Mörder?«

»Wenn man so will, schon.«

Terry Sheridan schüttelte den Kopf. »Das ist Wahnsinn, Don. Wärst du es nicht, der mir das erzählen würde ... verdammt, ich würde jeden anderen für einen Lügner halten oder für einen Aufschneider.«

»Das bin ich nicht.«

»Dann kannst du mir auch erzählen, was du in deinem weggetretenen Zustand gesehen hast.«

»Sicher. Es lief alles recht klar ab. Nur das Gesicht des Killers blieb irgendwie verschwommen. Dafür allerdings kann ich dir andere Details schildern.«

»Moment.« Terry holte ein kleines Aufnahmegerät aus seiner Tasche. Er schaltete es ein, nannte die Uhrzeit und wo er sich befand, dann sagte er: »Aussageprotokoll von Don Harris, Field Agent der ESI ...«

Don kannte das Spiel. Er hatte auch nichts dagegen, dass seine Aussage aufgenommen wurde. So sachlich wie möglich schilderte er den Vorgang, und Terry Sheridan unterbrach ihn mit keinem Wort. Erst als Don auf die

Autonummer zu sprechen kam, stoppte der Chief die Aufnahme.

»He, eine Autonummer kennst du auch?«

»Ja, sie hat sich fest in meinen Kopf gebrannt.«

»Super! Wie lautet sie?«

Don nannte sie, und er sah den zufriedenen Ausdruck auf dem Gesicht seines Freundes. »Das ist natürlich erste Sahne, würde ich mal sagen.« Er zog die Lippen in die Breite, und in seine Augen trat ein Leuchten. »Damit können wir etwas anfangen.«

»Das hoffe ich.«

Bevor Terry aufstand, klopfte er seinem Freund auf die Schulter. »Ich werde die Dinge sofort in die Wege leiten.«

»Tu das, Alter.«

Der Chief beugte sich zu ihm nach unten. »Keine Sorge, mein Bester. Den finden wir.«

»Sicher.« Die Antwort schwang nicht über vor Optimismus, aber das lag wohl einfach daran, dass Don noch zu sehr mit sich selbst beschäftigt war: Er konnte nicht nur bestimmte Dinge im Voraus erahnen und sehen, was an einem anderen Ort passierte, sondern auch, was in der Vergangenheit geschehen war. Das musste er zunächst mal packen. Dieser Tag war in der Tat ein besonderer, denn Don war überzeugt davon, dass ihm das Schicksal ein weiteres Tor geöffnet hatte.

Er stand auf. Das heißt, er wollte es und befand sich bereits in der Bewegung, als sich eine der beiden Fahrstuhltüren öffnete. Augenblicklich wusste er, dass etwas geschehen war. Etwas, das ihn betraf. Er setzte sich wieder, obwohl sich sein gesamter Körper anspannte.

Ein junger Mann in der Uniform eines Pagen verließ den Lift. Er schaute sich um, ging dann zwei Schritte und blieb vor Terry Sheridan stehen.

»Kann ich Ihnen helfen?«, fragte Sheridan.

»Vielleicht, Sir. Ich suche einen Mr Don Harris.«

»Das bin ich«, erklärte Don.

Der Page lächelte. »Oh, da habe ich aber Glück.« Er griff in die Innentasche seiner Jacke und holte einen Umschlag hervor. »Ein Telegramm für Sie, Sir.«

»Bitte?«

»Ja, ein Telegramm.«

»Und das in der Zeit der modernsten Nachrichtenübermittlung?«, wunderte sich der ESI-Agent. »Ich dachte, die E-Mails hätten die Telegramme vertrieben.«

»Nein, es gibt sie immer noch.«

»Okay.« Don nahm den Umschlag an sich und drückte dem Pagen ein Trinkgeld in die Hand. Der bedankte sich und zog sich zurück, was Don Harris nicht sah, denn er war bereits damit beschäftigt, den Umschlag zu öffnen, und ein nicht eben gutes Gefühl hatte ihn befallen.

Der Absender des Telegramms sagte ihm nichts, doch als er den Text las, flimmerte er vor seinen Augen:

LEIDER MÜSSEN WIR IHNEN MITTEILEN, DASS IHR VATER AUF DEM TENNISPLATZ EINEM HERZSCHLAG ERLAG …

Don Harris tat nichts. Er saß nur einfach da. Seine rechte Hand, in der er die Nachricht hielt, zitterte, und er konnte keinen Ton von sich geben oder sich rühren.

Sir Edward Harris war tot. Einem Herzschlag auf dem

Tennisplatz erlegen. Einfach so. Von einer Sekunde zur anderen.

Tot! Er ist tot!

Immer wieder musste er sich das vor Augen halten, und allmählich fing er an, dies als Tatsache zu begreifen.

Bei seiner Geburt die Mutter, und jetzt auch der Vater. In diesem Moment fühlte sich Don ganz allein auf der Welt, von allen Menschen, die er liebte, verlassen. Er konnte die Tränen einfach nicht mehr zurückhalten.

Sein Vater und er hatten ein gutes Verhältnis zueinander gehabt, auch wenn sie räumlich getrennt gelebt hatten. Sie hatten versucht, sich zumindest einmal im Monat zu sehen und sich dabei ausgetauscht.

Und jetzt war er tot. Mit sechzig Jahren.

Verdammt, das war kein Alter!

Ein Herzschlag. Don konnte es nicht glauben. Das wollte er nicht begreifen. Dagegen wehrte er sich. Sein Vater hatte sich regelmäßig untersuchen lassen, er war kerngesund gewesen, und plötzlich das!

Don schüttelte den Kopf. Mit einem Taschentuch trocknete er sich die Tränen. Es kam wirklich Schlag auf Schlag an diesem Tag. Sein kriminalistisch trainiertes Gehirn stellte sich die Frage, ob der Tod seines Vaters womöglich mit Nancy Goldmans Ermordung zu tun hatte. Aber nein, das konnte nicht sein. Da gab es keinen Zusammenhang. Das Datum und er waren die einzige Verbindung zwischen beiden Todesfällen …

Dons Vater war tot, für immer von ihm gegangen. Er würde nicht mehr mit ihm sprechen können, sein Lachen hören, seine Witze, und auch die ernsten Gespräche zwischen Vater und Sohn würde er mit ihm nie wieder führen können. Auch würde er nichts mehr über seine verstorbene Mutter erfahren. Das war jetzt vorbei.

Don las den Text des Telegramms noch mal, als könnte er das dort Geschriebene nicht so recht glauben. Er merkte auch, dass seine Knie zitterten, und war froh, dass er saß.

Erst Nancy Goldman, dann sein Vater. Was hatte das alles zu bedeuten? Gab es wirklich keinen Zusammenhang? Nein, den gab es nicht, sagte sich Don. Er quälte sich nur selbst, indem er einen solchen suchte. Warum tat er das? Weil er sich schuldig fühlte an dem Tod der beiden Menschen?

Terry Sheridan hatte sich wieder ihm gegenüber niedergelassen und beugte sich zu ihm vor. Er wollte etwas sagen. Nun blieben ihm die Worte im Hals stecken, als er sah, in welchem Zustand sich sein Freund befand.

»Verdammt, Don«, brachte er schließlich doch heraus. »Was ist los?«

Harris reichte ihm das Telegramm, ohne ein Wort zu sagen.

Der Chief nahm es an sich. Er betrachtete Don mit einem skeptischen Blick, bevor er las.

Hätte Don den Chief angeschaut, hätte er gesehen, wie dessen Gesicht schlagartig blass wurde. Er bewegte die Lippen, ohne dass er einen Ton von sich gab. Schließlich ließ er das Telegramm sinken und schüttelte den Kopf.

»Das kann doch nicht wahr sein.«

»Ist es wohl aber.«

»Soll ich mal in diesem Tennisclub für dich anrufen und fragen, ob das auch wirklich stimmt?«

»Nein, lass es bleiben, Terry. Nur frage ich mich, wer wusste, wo ich mich gerade aufhalte. Genau das bereitet mir Probleme. Aber ich werde es herausfinden.«

»Wo hat dein Vater denn gewohnt?«

»An zwei Orten: hier in London und in Glastonbury. Meine Mutter stammte von dort.«

»Ah ja.«

»Und mein Alter Herr hat immer davon gesprochen, dass er in Glastonbury beigesetzt werden möchte, im Grab neben seiner geliebten Frau und meiner Mutter.« Auf einmal verzog sich Dons Mund zu einem melancholischen Lächeln, und in seinen Augen leuchtete es. »Glastonbury ist übrigens ein Ort, um den sich zahlreiche Legenden ranken, von König Artus bis zu Avalon.« Schlagartig verschwand das Lächeln, und er wurde wieder ernst. »Aber darüber möchte ich jetzt nicht reden.«

Terry legte seinem Freund die Hand auf die Schulter. »Hast du dir schon Gedanken gemacht, wie es jetzt weitergehen soll? Du bist der einzige Nachkomme.«

»Nein, das habe ich nicht. Wie auch? Ich hätte nie damit gerechnet, dass es meinen Vater so plötzlich erwischen könnte. Den Mord an Nancy muss ich erst mal hintanstellen.«

»Das ist klar.« Der Chief zog die Hand zurück und nickte mitfühlend. »Kann ich sonst noch was für dich tun?«

»Nein, Terry, das ist sehr nett, aber ich muss das allein durchstehen. Ich habe zudem den Eindruck, dass alles mit mir und meiner Existenz zusammenhängt. Man kann darüber lachen oder den Kopf schütteln, aber ich habe dieses … dieses Gefühl.«

»Wir bleiben in Verbindung, okay?«

»Wie immer.«

Die beiden Freunde standen auf und umarmten sich. Don Harris steckte das Telegramm ein und ging die wenigen Schritte bis zum Lift. Er stieg in die Kabine, die Tür schloss sich hinter ihm, und dann hatte er das Gefühl, bis hinab in die Hölle zu fahren, wo unzählige Teufel auf ihn warteten, um ihn zu quälen …

3

Don machte sich in seinem Nissan auf den Weg nach Glastonbury. Das englische Jerusalem, wie es auch genannt wurde, lag mitten in der Provinz Somerset und war seit Jahren schon eine Anlaufstelle für Pilger und Esoteriker aller Couleur. Sagen und Legenden rankten sich um den Ort, und Don war überzeugt davon, dass nicht alle Geschichten, die man sich über diese Gegend erzählte, nur aus den Fingern gesaugt waren. Es gab auf der Erde noch immer genügend Geheimnisse, die darauf warteten, gelöst zu werden.

In London hatte er einiges erledigen müssen und auch mit dem Anwalt seines Vaters gesprochen. Zwar würde die Testamentseröffnung erst nach der Beerdigung stattfinden, aber Don wusste bereits, dass er als Alleinerbe eingesetzt worden war.

Ein gewaltiges Vermögen an Bargeld würde er nicht erben, dafür einige Grundstücke in und um Glastonbury, die seiner verstorbenen Mutter gehört hatten.

Die engen Straßen der großen Stadt London hatte er bald hinter sich gelassen und erlebte die Weite des Landes im anbrechenden Frühling. In Bath legte er eine Pause ein. Der kleine Gasthof grenzte mit seiner Rückseite an eine Apfelbaumwiese, und als besondere Spezialität des Hauses wurde der selbst hergestellte Apfelsaft angepriesen, den Don allerdings vorerst ablehnte und sich lieber einen Kaffee gönnte.

Er saß allein am Tisch und war auch der einzige Gast. So hatte der Wirt Zeit, mit ihm zu sprechen. »Sie wollen nach Glastonbury?«

Don schaute von seiner Kaffeetasse hoch. »Woher wissen Sie das?«

»Hier halten viele an, die nach Glastonbury wollen.«

»Kennen Sie den Ort?«

»Natürlich.«

»Und?« Don trank die Tasse leer und widmete sich seinem Ei mit Bacon.

»Ein nettes Städtchen. Etwas träge, würde ich sagen. Aber sehr historisch mit seinen alten Kirchenruinen und dem Kloster. Nun, die glorreiche Zeit gehört der Vergangenheit an. Obwohl viele Pilger daran nicht glauben wollen.« Er nickte vor sich hin. »Ich für meinen Teil halte davon nichts.«

Don musste grinsen. »Aber Sie freuen sich trotzdem über die Pilger, wenn sie hier einkehren, denke ich.«

»Darauf können Sie Gift nehmen.« Der Wirt lachte auf, dann schaute er auf den Teller. »Schmeckt Ihnen das Ei?«

»Es ist klasse.«

»Meine Tochter bereitet es zu. Sie lebt mit mir hier unter einem Dach.« Er rieb seine Nase. »Meine Frau hat es hier nicht ausgehalten. Die ist nach zwanzig Jahren Ehe abgehauen. Sie wollte in der Großstadt ein neues Leben beginnen. Ich glaube, sie ist auf nach Bristol, aber so genau weiß ich das nicht.«

Don ließ den Mann reden, der offensichtlich froh war, einen Zuhörer gefunden zu haben. Seine Gedanken gingen derweil auf Wanderschaft. Er hatte alles für die Beerdigung vorbereitet. Zahlreiche Telefonate hatte er führen müssen, und dabei hatte er immer wieder über den Tod seines Vaters nachgedacht.

Herzschlag – einfach so. Don konnte es nicht glauben. Er hatte auch mit dem Arzt gesprochen, doch der hatte es ihm bestätigt. Er hatte auch den Totenschein ausgestellt.

Man würde sehen ...

Den Teller leerte er bis auf den letzten Rest, was den Wirt sehr freute. »Noch was zu trinken?«

»Ja, ein Glas von Ihrem Saft.«

»Das ist eine gute Idee.«

Don bekam ihn serviert, probierte und musste anerkennen, dass er sehr gut schmeckte. Er sah dem Wirt an, dass dieser etwas auf dem Herzen hatte, und fragte: »Was ist los?«

Der Mann wand sich und meinte schließlich: »Ich will ja nicht neugierig erscheinen, aber was treibt Sie nach Glastonbury?«

»Ich bin beruflich unterwegs.«

»Ach ja ...«

Don lächelte schmal. »Ja, ich bin Restaurator von Kirchenfenstern, und in der Kathedrale von Glastonbury muss einiges erneuert werden.«

»Arbeiten Sie für jemand?«

»Nein, ich bin selbstständig. Ich kenne mich allerdings mit Kirchenfenstern aus. Ich wüsste nicht, dass mir eine Kirche oder Kathedrale im Land unbekannt wäre.«

»Dann kommen Sie sicherlich viel rum.«

»Natürlich.«

»Ihnen wäre die Frau bestimmt nicht weggelaufen.«

Don winkte ab. »Das kann man nicht so sagen. Vielleicht wäre ich ihr zu oft unterwegs gewesen.«

»Kann auch sein. Wer kennt schon die Weiber?«

Don Harris trank sein Glas leer, zahlte und machte sich wieder auf den Weg.

Von Bath war der Weg nicht mehr weit. Er führte ihn durch die Hügel von Somerset und anschließend hinein in die weite und fruchtbare Ebene, in der Glastonbury lag.

Es war ein gewaltiges Sumpfland. Man hatte in und um Glastonbury früher Torf gestochen und damit gutes Geld verdient. Heutzutage wurde das zwar auch noch getan, aber mehr außerhalb, in der Einsamkeit der Provinz. Dort standen auch die meisten Fabriken, die den Torf trockneten, und darum lag ständig ein leichter Brandgeruch über der Gegend, die überhaupt nichts Großstädtisches mehr an sich hatte, obwohl man von Glastonbury selbst nicht unbedingt von einem Kaff sprechen konnte. Berühmt war der große Hügel, genannt Glastonbury-Tor, mit dem mittelalterlichen Turm, der schon von weitem zu sehen war, wenn man den Ort von Westen her anfuhr.

Das war bei Don Harris nicht der Fall. In Wells, am Ende der Somerset-Hügel, hatte er noch mal getankt und war dann in die weite Tiefebene hineingefahren, die in einer stillen Trauer dazuliegen schien. Sogar die blühenden Apfelbäume brachten nicht mehr die Schönheit auf, wie es an anderen Orten der Fall war.

Eine recht schmale Landstraße führte von Wells aus in südliche Richtung. Don passierte Orte mit Namen wie Coyley und Southway, fuhr durch das Moor von Queen's Sedge und sah die ersten Torfbrennereien, wobei der typische Geruch auch ins Innere seines Nissan drang.

Man hatte ihm am Telefon gesagt, wo er seinen Vater finden würde, um erst einmal in aller Ruhe Abschied nehmen zu können. Ein Bestatter hatte alles für ihn erledigt und den Toten in der Hauskapelle des Anwesens aufgebahrt. Das Haus innerhalb des parkähnlichen Grundstücks stand zumeist leer. Hin und wieder wurde es von einem älteren Ehepaar aufgesucht, das nach dem Rechten schaute. Dons Vater hatte den beiden jeden Monat eine gewisse Summe überwiesen.

Es war abgemacht, dass Don zuerst den Bestatter aufsuchte, denn der hatte den Schlüssel zur kleinen Hauskapelle in Verwahrung genommen.

Der Mann hieß Ethan Sloane, und sein Geschäft lag im Zentrum der kleinen Stadt.

Don fuhr durch einen ruhigen Ort, in dem sich der Autoverkehr in Grenzen hielt. Dafür sah er mehr Menschen auf ihren Bikes, und ihm fiel auch auf, dass ein leichter Dunst über dem Ort lag, als wollte er dessen Geheimnisse verschleiern.

Don hatte sich zuvor bei einer freundlichen Frau erkundigt, welchen Weg er nehmen musste, und rollte in eine schmale Gasse ein, die nur in eine Richtung befahren werden konnte. Bevor er in sie eingebogen war, hatte er noch die große Kathedrale gesehen, die wie ein mächtiger Klotz alles andere überragte.

Zu beiden Seiten säumten Häuser die Gasse, deren Fassaden farblich unterschiedlich gestrichen waren, aber auch bei dieser Vielfalt drang das alte Grau immer wieder durch. Es war durch das Moor stets feucht hier, und so faulte bei manchen Häusern das Holz der Fensterläden vor sich hin.

Don stellte den Wagen ab, stieg aus und musste einige Meter gehen. Direkt vor dem Haus hatte er nicht parken können, denn dort stand ein grauer Leichenwagen mit geschwärzten Fenstern. Der Anblick erinnerte ihn wieder an den Tod und daran, weshalb er gekommen war.

Den Namen Sloane las er über dem Schaufenster an der Hauswand. Die Buchstaben waren verblichen, sodass man ihn mehr erraten musste, als ihn lesen zu können. Zwei ausgetretene Stufen führten zur Tür hoch. Bevor er seinen Fuß darauf setzte, warf Don einen Blick in das Schaufenster. Die Auslagen standen hinter einer grauen Scheibe. Es waren zwei Särge und eine Urne. Über etwas anderes hätte er sich auch gewundert.

Verschlossen war die Tür nicht. Als er sie nach innen drückte, schlug über seinem Kopf eine Glocke an. Er verzog das Gesicht zu einem schiefen Grinsen, denn er hatte den dünnen Klang einer Totenglocke gehört.

Es gab keinen Flur, keinen Vorraum, der Käufer betrat sofort das Geschäft.

Don hatte von draußen bereits erkannt, dass Sloane mit dem Licht recht sparsam umging, denn es war nur eine Lampe eingeschaltet. Sie stand auf einem dunklen Schreibtisch und warf ihr Licht fächerartig nach unten.

Hinter dem Schreibtisch saß ein Mann in der typischen Kleidung eines Bestatters: ein schwarzes Jackett, dessen Stoff leicht glänzte, ein weißes Hemd und eine dunkle Hose, wie Don erkennen konnte.

Der Mann telefonierte. Er tat dies mit einer typischen Totengräberstimme. »Es ist Ihnen doch klar, dass wir Ihnen jede Arbeit und Unannehmlichkeit abnehmen, Rose. Das wissen Sie. Wir sind ja nicht zum ersten Mal für Sie tätig. Ihr Bruder wird, wenn er im Sarg liegt, wunderbar aussehen. Und wegen des Anzugs, den er tragen soll, rufen Sie mich bitte noch einmal an, denn ich habe gerade Kundschaft bekommen.« Er legte eine Pause ein und sagte: »Alles Gute für Sie.«

Don Harris war langsam näher gekommen und konnte das Gesicht im Schein der Lampe besser erkennen. Er sah auch die dünnen schwarzen Haare, die wie Striche auf dem Kopf des Mannes lagen.

Es gibt viele Menschen mit deutlich sichtbaren Tränensäcken unter den Augen. Das war auch bei diesem Mann der Fall. Nur schien dessen Gesicht ausschließlich aus Tränensäcken zu bestehen, denn so etwas wie ein straffes Stück Haut war nicht auszumachen. Da hing alles nach unten, und als der Bestatter den Kopf hob, sah Don auch dessen wässrige Augen. Er kam Don vor wie jemand, der auf Kommando weinen konnte, und es gab sicherlich Trauernde, die dann glaubten, er würde ihre Gefühle teilen. Als Bestatter muss man eben ein guter Schauspieler sein.

Als Don den Tisch fast erreicht hatte, setzte sich der Mann eine Nickelbrille auf. Er zwinkerte kurz hinter den Gläsern und fragte mit sanfter Stimme: »Mr Harris?«

»Ja, ich bin Don Harris.«

»Mein Name ist Ethan Sloane.« Er streckte ihm seine schlaffe Rechte entgegen, die sich in Dons Hand wie ein Klumpen Pudding anfühlte. Don sah zu, dass er sie so schnell wie möglich wieder loswurde.

»Es tut mir leid um Ihren Vater, Mr Harris. Ich habe ihn gekannt. Er war ein besonderer Mensch, das kann ich Ihnen versichern.«

Don winkte ab. »Lassen wir das, Mr Sloane.«

»Gut, wie Sie möchten.«

»Haben Sie alles vorbereitet?«

Sloane nickte, und sein Gesicht bewegte sich dabei wie Götterspeise. »Ja, und Sie werden zufrieden sein. Ich bin bekannt dafür, dass ich gute Arbeit leiste.« Er plusterte sich auf. »Und bei Ihrem Vater habe ich mich besonders angestrengt.«

»Das werde ich ja dann sehen.«

»Er liegt in einem offenen Sarg in der Kapelle auf dem Anwesen Ihres Vaters, so wie Sie es gewünscht haben. Er trägt einen dunklen Anzug, ein weißes Hemd, und wir haben ihm auch eine Krawatte umgebunden. Und für die morgen stattfindende Beerdigung ist alles vorbereitet. Die Karten sind verschickt, aber ich kann natürlich nicht garantieren, dass alle Gäste kommen werden.«

»Damit rechne ich auch nicht. Wir sind hier in Glastonbury und nicht in London.«

»Sie sagen es, Sir.«

»Gut, damit haben wir das geklärt. Es wird Sie sicherlich nicht überraschen, dass ich Abschied von meinem Vater nehmen möchte.«

»Das verstehe ich.«

»Dann hätte ich gern den Schlüssel zur Kapelle. Wie ich weiß, haben Sie ihn an sich genommen.«

Ethan Sloane schaute für einen Moment ins Leere. Er tat, als müsste er nachdenken, bis er schließlich leise lachte. »Sicher, Mr Harris, sicher habe ich den Schlüssel. Ich war im Moment mit meinen Gedanken woanders. Entschuldigen Sie.«

»Macht nichts.«

Sloane ging in die Knie, zog eine Schublade auf und schob seine rechte Hand hinein. Don hörte einige Blätter rascheln, dann überzog ein Strahlen Sloanes Gesicht, denn er hatte gefunden, wonach er suchte.

»Bitte, hier!« Er hatte den Schlüssel zwischen zwei Fingerkuppen geklemmt und hielt ihn hoch.

»Danke.« Don nahm den Schlüssel an sich. Bevor er ging, hatte er noch eine Frage. »Wann genau findet die Beerdigung statt?«

Sloane hob den linken Zeigefinger wie ein Lehrer und senkte wieder die Stimme, als wollte er zu einer Grabrede ansetzen. »Morgen früh um elf Uhr beginnt die Trauerfeier in der Leichenhalle. Danach wird dem Verstorbenen das letzte Geleit zuteil.«

»Eine Messe wird nicht gelesen?«

»Nein, das ist nicht vorgesehen.« Sloane hob die Schultern. »Dafür muss sich schon jemand einsetzen und mit dem zuständigen Pfarrer reden. Sie als einziger Verwandter hatten sicherlich andere Dinge zu tun.«

»Sie sagen es.« Don lächelte ihm knapp zu. »So, das wäre zunächst mal alles. Sollte ich noch irgendwelche

Fragen haben, werde ich mich an Sie wenden, Mr Sloane.«

Der Bestatter deutete eine Verbeugung an. »Stets zu Ihren Diensten, Mr Harris.«

Don ging. Er war froh rauszukommen. In diesem Laden hatte es nach Tränenwasser gerochen.

Draußen vor der Tür blieb er kurz stehen. Es hatte sich nichts verändert. Noch immer bewegte sich kein Mensch über die schmalen Gehsteige, bei denen die kleinen Pflastersteine nicht überall gleich hoch lagen, sodass man aufpassen musste, nicht zu stolpern.

Don ging zu seinem Nissan. Seinen privaten Wagen hatte er in London gelassen. Es war ein alter, offener und knallroter Spitfire. Eigentlich ein Sommerauto, auch wenn sich das Verdeck schließen ließ. Im Moment war es noch zu kalt, um offen zu fahren.

Der graue Nissan tat seine Pflicht, und der Motor sprang an, kaum dass er den Zündschlüssel gerochen hatte.

Don Harris machte sich auf seinen ersten schweren Weg …

Da er sich in früheren Jahren schon einige Male in Glastonbury aufgehalten hatte, kannte er sich in der Stadt einigermaßen aus und verfuhr sich auf dem Weg zum väterlichen Grundstück nicht. Die Touristenschwemme der Esoteriker war noch nicht eingetroffen. Aber die für sie interessanten Stätten lagen auch außerhalb der Stadt. Dort befand sich Glastonbury-Tor mit dem mittelalterlichen Turm.

Als Don daran dachte, verspürte er einen Schauer. Er stellte fest, dass ihn dieses merkwürdige Gefühl auch nicht mehr loslassen wollte. Hing es möglicherweise mit seiner Bestimmung zusammen?

Nach einer Kurve lag das väterliche Grundstück vor ihm. Er sah das Haus seiner Eltern, das in den letzten dreißig Jahren nur von Sir Edward Harris bewohnt worden war, und das auch nur wenige Wochen im Jahr, wenn es hochkam.

Don war ein Mensch, der die Jahreszeiten liebte und sich am Erblühen der Natur im Frühling ebenso erfreuen konnte wie am Herbst. An diesem Tag allerdings hatte er keinen Blick für das frische Grün. Er musste eine Pflicht erledigen. Eine Pflicht, die ihn traurig stimmte und für den dicken Kloß in seinem Hals sorgte.

Das Haus stand zwar in einem kleinen Park, doch es gab kein Tor, durch das er hätte fahren müssen. Nicht mal eine Mauer gab es, so wie es bei zahlreichen anderen Anwesen hier in Glastonbury der Fall war. Er konnte sich daran erinnern, dass es früher mal einen Weg gegeben hatte, der am Haus endete. Er war zwar noch vorhanden, doch mit Gras und Unkraut bedeckt. Das Anwesen war in der letzten Zeit nicht mehr besonders gepflegt worden. Dabei hatte er gedacht, dass sich sein Vater darum kümmern wollte. Versprochen hatte er es jedenfalls.

Sich selbst machte Don keine Vorwürfe. Er konnte sich nicht um alles kümmern.

Er hätte mit seinem Nissan bis vor das Haus fahren können. Darauf verzichtete er und ließ den Wagen vorher ausrollen.

Als er ausstieg, traf ihn die Kälte wie eine feuchte Klammer. Er meinte auch, dass es nebliger geworden war. Aber das war typisch für Glastonbury.

Und ihn herum war es unnatürlich still. Er runzelte die Stirn, denn diese Ruhe kannte er aus London nicht. In seiner nächsten Umgebung schien alles eingeschlafen zu sein. Vögel hätten singen müssen, aber hier war nichts zu hören. Selbst die Natur schien den Tod seines Vaters zu betrauern.

Herzschlag auf dem Tennisplatz!

Don konnte es immer noch nicht fassen. Wenn er daran dachte, wehrte sich in seinem Innern etwas dagegen. Er ballte unwillkürlich die Hände zu Fäusten. Er spürte eine unerklärliche Wut in sich aufsteigen und hätte am liebsten um sich geschlagen. Nur war kein Gegner in der Nähe. Er bewegte sich völlig allein und einsam durch das Gelände und knickte mit seinen Füßen hartes Wintergras.

Zur Straße hin lag das Grundstück recht frei. Don aber gelangte in den Bereich der Bäume, die sich vor dem Haus verteilten. Es waren zwei Linden und eine Espe. Im Sommer gaben sie Schatten, doch zu dieser Jahreszeit sahen sie fast aus wie Gerippe, obwohl das erste Grün bereits auszumachen war.

Von außen sah das Haus aus wie immer. Von der Fassade war nicht viel zu sehen, denn Efeu und Moos bildeten einen dichten Bewuchs, der nur die Fenster freiließ, weil der Efeu dort beschnitten worden war. Innerhalb des sie umgebenden Grüns sahen die Fenster aus wie viereckige tote Augen, die leer in die Welt glotzten.

Er würde dem Haus später einen Besuch abstatten. Zunächst war es wichtig, dass er seinen persönlichen Abschied nahm. Bei diesem Gedanken rieselte es eisig über seinen Rücken hinweg, und auch in seinem Innern spürte er die Kälte.

Don wusste nicht, auf welche Veranlassung hin die kleine Kapelle gebaut worden war. Als Jugendlicher hatte er geglaubt, dass Sir Edward sie für seine Frau hatte errichten lassen, doch sicher war sich Don in dieser Hinsicht nie gewesen. Er hatte seinen Vater auch nicht danach gefragt.

Um den Eingang der Kapelle zu erreichen, musste er eine Treppe hochgehen. Er hätte die Kapelle auch vom Haus her betreten können, denn dort gab es einen Zugang, doch er wollte seinen Vater sehen, bevor er ins Haus ging.

Don Harris holte den Schlüssel hervor. Er ging dabei etwas in die Knie, um sich das Schloss anzuschauen. Verrostet war es nicht. Das hätte auch nicht sein können, denn Ethan Sloane war in der Kapelle gewesen, um alles vorzubereiten.

Er drehte den Schlüssel zweimal, dann war die Tür auf. Don atmete noch einmal tief durch. Es war nicht einfach für ihn, diese Schwelle zu überschreiten, und so hielt er für einen Moment inne.

Nicht, weil er sich nicht traute. Etwas völlig anderes hatte ihn getroffen.

Wieder erlebte er den leichten Druck hinter seiner Stirn und wusste plötzlich, dass er nicht mehr allein war.

Auf der Stelle fuhr er herum.

Es war nichts zu sehen. Er sah seinen Nissan vor dem

Grundstück, aber ein Mensch befand sich nicht in der Nähe. Nur auf der Straße fuhr ein beladener Lastwagen vorbei.

Wäre nicht schon so viel geschehen, Don hätte die Warnung ignoriert. Das tat er allerdings nicht. Er konzentrierte sich noch stärker, suchte alles ab, was in seinem Blickfeld lag – und musste aufgeben, weil er nichts Verdächtiges ausmachen konnte.

Warum dann die Warnung? Wollte ihn diese geheimnisvolle Kraft in seinem Innern davon abhalten, dem toten Vater einen letzten Besuch abzustatten?

Es war möglich. Aber er tat nichts Unrechtes, sondern handelte wie jeder Sohn. Schließlich verdankte er sein Dasein auf dieser Welt zur Hälfte seinem Vater.

Der letzte Blick zurück brachte ihn auch nicht weiter, und so stieß Don die bereits offene Tür auf.

Er betrat keine Kirche, sondern eben nur eine Kapelle, und die war entsprechend klein. An der rechten Seite befanden sich die Bogenfenster, die nicht sehr hoch, dafür aber breit waren. Durch sie sickerte das Tageslicht und breitete sich auf den gelbbraunen Steinfliesen aus. Dass der Boden weiter vorn einen anderen Farbton zu haben schien, lag an den Kerzen, die Ethan Sloane aufgestellt hatte und die den offenen Sarg von zwei Seiten einrahmten.

Vier Kerzen saßen auf den eisernen Ständern. Da die Flammen durch den leichten Luftzug flackerten, schien der Untergrund in ihrer Nähe zu einem geheimnisvollen Leben zu erwachen. Erst als Don die Tür wieder geschlossen hatte, beruhigten sich die Flammen.

In einer Kirche gibt es in der Regel Bankreihen. Das war an diesem Ort nicht der Fall. Wer die Kapelle betrat, um zu beten oder nachzudenken, der konnte sich einen der Stühle nehmen, die an der linken fensterlosen Wandseite standen. Schwach malte sich dort auch der Umriss jener Tür ab, durch die man ins Haus gelangte.

Doch wollte Don nicht ins Haus. Ihn trieb es zu dem toten Vater.

Er setzte seine Füße nicht zu hart auf, denn er wollte Echos vermeiden, um die Totenruhe nicht zu stören. Den Kloß im Hals hatte er bereits vor der Kapelle gespürt. Er war noch dicker geworden, und Don hatte das Gefühl, dass er ihn beim Luftholen behinderte.

Diese Kapelle war keiner bestimmten Religion geweiht. Sie war ein Ort der Besinnung, des Friedens und der stillen Andacht. Kein Kreuz zierte die Wände, und es ragte auch keines hinter dem Sarg in die Höhe. Sir Edward Harris hatte zeit seines Lebens auch andere Religionen respektiert. In diesem Sinne hatte er auch seinen Sohn erzogen.

Bei seinen Schritten war nur ein leises Schleifen und Knirschen zu hören, denn völlig lautlos konnte Don nicht gehen. Hin und wieder knarzte auch das Leder seiner Jacke, was sich nicht vermeiden ließ.

So kam er dem Sarg näher. Es war keine billige Totenkiste. Don hatte darauf bestanden, dass starkes Eichenholz genommen wurde. Der Sarg sollte so lange wie möglich dem mächtigen Druck der Erdmassen standhalten, unter denen er am morgigen Tag begraben wurde.

Das erste Licht der Kerzen erreichte ihn. Er wurde ein

wenig geblendet, drehte den Kopf zur Seite und ging einen letzten langen Schritt, mit dem er das Fußende des Sarges erreichte. Er blieb dort stehen wie ein Zinnsoldat, und es drang kein einziger Laut über seine geschlossenen Lippen. Er atmete nur durch die Nase, schluckte dabei, spürte das Brennen in den Augen und wischte darüber hinweg.

Der Sarg war innen ausgepolstert. So unsympathisch ihm dieser Bestatter auch war, Don musste zugeben, dass er gute Arbeit geleistet hatte. Ein Kollege aus London hätte dies nicht besser hinbekommen.

Sir Edward Harris war tot.

Und doch sieht er aus wie jemand, der schläft!, dachte Don. *Es ist kaum zu fassen …*

Und er war angezogen wie ein Gentleman. Don wusste, dass sein Vater im Laufe seines Lebens einige Orden erhalten hatte. Die allerdings waren ihm nicht auf die Brust geheftet worden, was Don auch gut fand.

Sein Vater trug einen dunklen Anzug und ein blütenweißes Hemd unter dem Jackett. Das Gesicht war von einem Maskenbildner zurechtgemacht worden. So musste es sein, denn Don konnte sich nicht vorstellen, dass die gesunde Frische im Gesicht des Toten allein durch den Schein der Kerzen hervorgerufen wurde. Es zeigte auch einen sehr friedlichen und sogar entspannten Ausdruck

Das graue Haar war sorgfältig gekämmt. Man hatte dem Toten die Arme angewinkelt, um die Hände in Brusthöhe übereinanderzulegen.

Don spürte, dass ihm eine Träne über die linke Wange

rollte. Eigentlich hatte er nicht weinen wollen, aber Gefühle perfekt zu beherrschen schaffen nur die wenigsten Menschen, und er gehörte nicht dazu.

Don Harris setzte sich wieder in Bewegung und näherte sich von der linken Seite her dem Kopfende des Sargs. Ein ungutes Gefühl beschlich ihn. Ein Gefühl, das nicht von der Nähe seines toten Vaters herrührte. Es gab keine wirkliche Erklärung dafür. Das Gefühl war einfach da, und es kam ihm fast vor wie eine Warnung. Eine Warnung vor dem, was in der Luft lag, aber nicht zu greifen war?

Noch während er ging, drehte er sich um, weil er sehen wollte, ob sich die Gefahr möglicherweise in seinem Rücken befand. Doch die kleine Kapelle war leer. Niemand war ihm gefolgt. Zudem hätte er einen Verfolger hören müssen.

Du spinnst!, sagte er sich. *Du machst dich verrückt. Es gibt hier nichts außer dir und deinem toten Vater. Alles andere ist Spinnerei …*

Don gab sich einen inneren Ruck. Noch zwei Schritte, dann hatte er das Kopfende des Sarges erreicht.

Harris schluckte. Es war ein verdammt bedrückendes Gefühl, neben seinem toten Vater zu stehen und in dessen Gesicht zu schauen. Er hätte so gern mit seinem Vater gesprochen, hatte ihm noch so vieles zu sagen, aber das war nicht mehr möglich. Sir Edward Harris lag in seinem Sarg.

Don presste die Lippen zusammen. Er hatte sich vorgenommen, hart zu bleiben, doch das fiel ihm verdammt schwer. Er hatte das Gefühl, dass ein Stück von ihm selbst gestorben war, dahinfloh und nicht mehr zurückkehren würde. Vorbei – ein für alle Mal.

Unter Kopfschmerzen litt er nicht. Nur spürte er wieder den ungewöhnlichen Druck hinter seiner Stirn. Und auf einmal hatte er auch das merkwürdige Gefühl, fremdbestimmt zu werden. Etwas anderes befand sich in seiner Nähe, und er erinnerte sich, dass er auf dem Weg zur Kapelle auch den Eindruck gehabt hatte, verfolgt zu werden. Auch jetzt dachte er ähnlich darüber, aber niemand war ihm in die Kapelle gefolgt, davon hatte er sich ja gerade überzeugt.

Haut zuckte!

Und Don zuckte zugleich zusammen, denn dieses Zucken war nicht auf seiner Haut erfolgt, sondern auf der des Toten. Und zwar mitten auf der Stirn.

In Don Harris schrillten alle Alarmsirenen. Das konnte nicht sein. Vor ihm lag ein Toter. Es war unmöglich, dass er sich bewegte.

Und doch war es geschehen – oder?

Don wollte es genau wissen. Er beugte sich tiefer. Sein Mund war trocken geworden. In der Kehle hatte er noch immer diesen dicken Kloß, der ihm das Schlucken erschwerte.

Das hier war mehr als ungewöhnlich. Es war sogar unerklärbar. Ein Toter bewegt sich nicht. Es lag ja auch kein Zombie im Sarg, denn die gab es nur in Horrorfilmen.

Unbewusst hatte er den Atem angehalten. Er stieß ihn zischend aus und bemühte sich darum, nicht die Nerven zu verlieren. Er musste sich zusammenreißen.

Noch schaute er seinen toten Vater von der Seite her

an. Das änderte er, indem er sich vorbeugte, sodass er ihm direkt ins Gesicht blicken konnte.

Auge in Auge!

Zuckte die Haut auf der Stirn erneut?

Nein, das tat sie nicht. Dafür passierte etwas anderes. Die Haut dort dunkelte ein, mitten auf der Stirn. Es war nicht nur einfach ein Schatten, der aus dem Nichts entstanden war, dieser Schatten wies einen Umriss auf, vielleicht sogar eine Art ... Geometrie?

Er war oval, mehr breit als lang, schimmerte an seinen Rändern bläulich, mit einem Stich ins Rötliche und hatte ...

Eine Pupille?

Es passte alles.

Die Form, die Pupille – perfekter hätte es nicht sein können.

Auf der Stirn seines Vaters sah Don Harris ein drittes Auge!

Don konnte es nicht fassen, er begriff es einfach nicht. Er stand neben dem Sarg und glaubte zunächst an eine Täuschung, glaubte, dass ihm die überreizten Nerven einen Streich spielten. Aber das konnte es nicht sein. So etwas bildete man sich nicht einfach ein. Es gab dieses Auge, dieses Symbol auf der Stirn seines toten Vaters.

Don Harris war innerlich wie erstarrt, und trotzdem schlug ihm das Herz bis in den Hals.

Durchatmen, ruhig werden. Er musste akzeptieren, was er sah, denn nur so fand er wieder zu sich selbst zurück und konnte sich mit dem Phänomen beschäftigen.

Er wusste nicht, wie lange es dauerte, bis er wieder in der Lage war, einen einigermaßen klaren Gedanken zu fassen. Er musste nachdenken, die Situation analysieren, um eine Lösung zu finden. So hatte er es bisher immer gehalten, und auch für diese Erscheinung auf der Stirn seines Vaters musste es eine Erklärung geben.

Durchatmen, die Ruhe bewahren – das war leichter gesagt als getan. Aber Don Harris riss sich zusammen. Er bewegte den rechten Arm, streckte ihn aus, und schon bald schwebte die Hand über dem Kopf seines toten Vaters.

Zu spüren war nichts. Auch rührte sich die Leiche nicht, womit Don schon fast gerechnet hatte. Nur eben das Auge war da. Es pulsierte nicht, tat nichts, war einfach nur irgendwie vorhanden. Doch als sich Don tiefer beugte und sein Gesicht dem des Vaters näherte, überkam ihn der Eindruck, von diesem Auge angestarrt zu werden. Mehr noch, es schien sogar in sein Inneres zu blicken und ihm eine Botschaft zu übermitteln.

War es das? Wollte sein verstorbener Vater durch dieses dritte Auge einen Kontakt zu ihm herstellen? Durch Dons aufgewühlte Gedanken schoss eine fantastische Idee: War das Auge möglicherweise in der Lage, eine Brücke zwischen dem Diesseits und dem Jenseits zu spannen? Meldete sich sein toter Vater auf diese Weise aus dem Totenreich?

Er konnte und wollte nicht so recht daran glauben, aber er schaffte es nicht, diesen Gedanken zu vertreiben.

Sein Blick glitt ein wenig tiefer. Er wollte seinem Vater in die normalen Augen schauen. Sie waren geschlossen, und die Lider hatten sich auch nicht bewegt. Nach wie vor lag sein Vater ruhig in seinem Sarg und erinnerte irgendwie an eine Puppe.

Nur das dritte Auge störte, und es blieb!

Don richtete sich wieder auf. Kalter Schweiß lag auf seiner Stirn. Noch immer erschien ihm der eigene Herzschlag überlaut. Er wischte sich über die Augen, um einen klaren Blick zu bekommen.

Bisher hatte sich Don nicht getraut, seinen Vater zu berühren. Es war ein breiter Graben, über den er springen musste, und er musste sich dazu überwinden.

Als er seine Finger lang machte, bemerkte er, dass sie zitterten. Er war eben auch nur ein Mensch und keine Maschine.

Sanft strich er mit den Fingerspitzen über die Wange seines toten Vaters. Sie war nicht direkt kalt, sie fühlte sich einfach nur anders an, so ... neutral. Da gab es kein Leben mehr. Es war trotzdem kein sanftes Berühren, kein letztes Streicheln, sondern mehr ein forschendes Tasten, und dann näherten sich seine Finger der Stirn und damit dem Auge.

Er wollte herausfinden, ob es direkt auf der Haut lag, so wie aufgemalt, oder vielleicht etwas hervorstand. Es kostete ihn Überwindung, auch den letzten Schritt zu tun.

Nein, das seltsame Auge lag perfekt auf oder sogar irgendwie in der Haut. Er spürte weder Erhebungen noch Vertiefungen unter den tastenden Kuppen seiner Finger.

Don suchte nach einem Vergleich, und ihm kam erneut der Gedanke, das Auge wäre mit dünner und trotzdem sehr kräftiger Farbe auf die Stirn gemalt worden.

Nur konnte das nicht sein. Er hatte ja gesehen, wie das

Auge auf einmal aufgetaucht war. Es war vorher einfach nicht vorhanden gewesen.

In diesen Sekunden wusste Don Harris, dass diese Entdeckung für die Zukunft sehr entscheidend war und sein Leben in andere Bahnen lenken würde.

Sein Blick glitt über den Sarg hinweg und verlor sich in einer imaginären Ferne. Auf dem Rücken spürte er das Kribbeln einer Gänsehaut. Die Stille in der kleinen Kapelle empfand er als doppelt dicht. Er hatte das Gefühl, der Welt entrückt zu sein und auf einem fremden Planeten zu stehen oder sich in einer anderen Dimension zu befinden, die zwischen der Welt der Lebenden und der Toten lag.

Es fiel ihm schwer, sich zur Seite zu drehen und in eine andere Richtung zu schauen. Sein Herz klopfte nicht mehr so stark und hatte sich wieder leicht beruhigt, doch der Druck im Hals war geblieben. Don wusste, dass ihm eine lange Nacht bevorstand, in der mit Schlaf wohl kaum zu rechnen war.

So hatte er sich den Abschied von seinem Vater nicht vorgestellt. Erst die Überraschung, dass er durch einen Herzschlag gestorben sein sollte, und nun dieses Phänomen, das sich Don Harris überhaupt nicht erklären konnte.

Während ihm diese Gedanken durch den Kopf schossen, hatte er die Leiche seines Vaters nicht angeschaut. Er war allerdings so weit, dass er die Existenz des dritten Auges akzeptierte, auch wenn er nicht wusste, aus welchem Grund es erschienen war. Dies herauszufinden würde in der nahen Zukunft seine wichtigste Aufgabe sein.

Er wandte sich wieder um. Er wollte noch mit seinem Vater sprechen, obwohl der ihn nicht mehr hören konnte. Da erlebte er erneut eine Überraschung.

Die Stirn des Toten war frei. Es gab kein drittes Auge mehr. Es war plötzlich verschwunden.

Don Harris sagte nichts. Er dachte auch nichts. Er fühlte sich wie eine leere Hülle und starrte in das reglose Gesicht des Toten, ohne noch einen Gedanken fassen zu können.

Die stellten sich erst nach einigen endlos erscheinenden Sekunden wieder ein …

Kein drittes Auge mehr, sondern eine glatte Stirn, wie er sie auch bei seinem Eintreten gesehen hatte. Ein Körper lag vor ihm, der einfach nur tot war und nichts Unnormales oder gar Übersinnliches an sich hatte.

Don Harris wischte sich mit der rechten Handfläche über die Stirn. Dort lag der Schweiß in dicken Perlen. In seinem Innern brodelte es immer noch. Sein Mund war trocken. Die Luft kam ihm plötzlich kälter vor, als sie wirklich war. Er sah die Kapelle zwar nicht als feindliche Umgebung an, schließlich gehörte sie zum Haus seiner Eltern, doch länger bleiben wollte er nicht.

Er hätte direkt von der Kapelle aus das Haus betreten können, doch das wollte er nicht. Er brauchte frische Luft, um seine Gedanken wieder zu klären.

Er schloss den Deckel des Sarges nicht. Das sollte Sloane erledigen. Beinahe fluchtartig verließ er die Kapelle.

In seinem Kopf wirbelten die Gedanken. Da war ein wildes Rad in Bewegung geraten, und auch die frische

Luft schaffte es nicht, es zu stoppen. Der feine Dunst hatte sich verdichtet und war zu grauen Nebelvorhängen geworden. Typisch für Glastonbury um diese Zeit im Frühjahr, in der es noch recht kalt werden konnte.

Endlich schaffte es Don, das Gedankenkarussell zum Stillstand zu bringen und seine Gedanken zu ordnen. Es hatte keinen Sinn, wenn er jetzt durch Glastonbury lief und sich den Kopf über diesen mysteriösen Vorgang zerbrach. Das konnte er auch im Haus tun.

Er holte sein Gepäck aus dem Wagen. Dabei schaute er sich wieder um, ob er beobachtet wurde. Es war nichts Verdächtiges zu entdecken. Glastonbury und seine Bewohner schienen ihn zu ignorieren. Doch sicher war er sich da nicht mehr.

Mit diesen Gedanken betrat er das elterliche Haus.

Das Haus war ihm fremd geworden. Es war auch kalt zwischen den dicken Mauern. Don war durch die Räume gegangen und hatte sich seinen Erinnerungen hingeben wollen, was ihm jedoch nicht so recht gelang, denn immer wieder erschien ein Bild vor seinem geistigen Auge: das Gesicht seines toten Vaters mit dem dritten Auge auf der Stirn!

Don Harris gab sich selbst gegenüber zu, verwirrt und durcheinander zu sein. Er konnte mit dieser Entdeckung nicht viel anfangen, obwohl er davon ausging, dass sie auch für ihn in der Zukunft prägend sein würde. Natürlich war es ein für ihn unerklärbares und auch geheimnisvolles Phänomen gewesen, aber in der modernen Welt gab es eigentlich für alles eine Lösung.

Er entschied sich, im Internet zu forschen. Bestimmt würde er dort Informationen über dieses dritte Auge finden.

Seltsamerweise schreckte er davor zurück. Er saß in der Bibliothek seines Vaters, die er als Junge stets nur mit großer Ehrfurcht betreten hatte, denn die mit Büchern gefüllten Regale, der wuchtige Schreibtisch aus Eichenholz und die schweren, mit grünem Leder bezogenen Ohrensessel hatten für ihn als Kind stets eine andere Welt dargestellt, in der er sich nie recht wohl gefühlt hatte.

Nun saß er in einem der Sessel und schaute durch das Fenster in den kleinen Park. Er hatte sich einen doppelten Whisky eingeschenkt, trank mit kleinen Schlucken und versuchte, Ordnung in seinen Gedanken zu schaffen.

Don wollte nicht behaupten, dass sich sein Leben gänzlich verändert hatte oder auf den Kopf gestellt worden war. Dass jedoch etwas Neues auf ihn zukommen würde, daran zweifelte er nicht, und dem wollte er auch nicht aus dem Weg gehen. Nur wusste er nicht, woran er genau war, und das ärgerte ihn, denn er war ein Mensch, der alles klar vor sich liegen haben musste.

Das war hier nicht so.

Die alte Stehlampe warf einen honiggelben Schein, der auch die rötlich braune Schreibtischplatte erreichte, auf der sich ihr Licht verteilte. Auf dem Schreibtisch stand ein recht altes Telefon, bei dem der Hörer auf der Gabel lag und das sogar noch eine Wählscheibe hatte. Don wusste allerdings, dass sein Vater auch mit der modernen Technik vertraut gewesen war. Dazu gehörte auch ein

Laptop. Der allerdings stand nicht auf dem Schreibtisch, und Don hatte im Moment keine Lust, danach zu suchen.

Was hatte das dritte Auge auf der Stirn seines toten Vaters zu bedeuten? Don wusste, dass es dieses Auge auch als Symbol gab. Es war ein sehr altes Zeichen. Don kannte es in Verbindung mit einem gleichschenkligen Dreieck, bei dem es den Mittelpunkt bildete, und er erinnerte sich auch, dass dieses Symbol nicht aus Europa stammte. Er würde in der Vergangenheit nachforschen müssen, um Informationen für die Gegenwart zu erhalten.

Eine leise Melodie riss ihn aus seinen Gedanken. Für kurze Zeit war er irritiert, bis ihm klar wurde, dass es sein Handy war, das diese Melodie piepte. Irgendwie passte das Handy nicht in diese Umgebung, trotzdem holte Don es hervor und meldete sich.

»Ja, bitte?«

»Hier ist Terry.«

»Ach, du.«

»Bist du schon in Glastonbury?«

»Sicher.«

»Und?«

»Tja, was soll ich sagen? Ich sitze hier im Haus meiner verstorbenen Eltern und trinke einen Whisky.«

»Bist du schon in der Kapelle bei deinem Vater gewesen?«

»Ich habe bereits Abschied genommen, Terry.«

Sheridan schwieg in den folgenden Sekunden. Er wusste offenbar nicht, was er sagen sollte.

»Du brauchst dir keine Sorgen zu machen, Terry. Ich bin okay. Jeder muss mal Abschied nehmen. Jetzt hat es eben mich erwischt. Das ist nun mal so. Allerdings bin ich froh, wenn ich morgen die Beerdigung hinter mir habe.«

»Das kann ich nachvollziehen, Don. Hast du dir schon Gedanken darüber gemacht, was mit dem Haus geschehen soll?«

»Nein, das habe ich nicht. Ich denke, dass ich erst mal alles so lassen werde.«

»Du willst nicht verkaufen?«

»So ist es.«

»Würde ich auch nicht.«

»Ich will erst mal nur, dass alles vorbei ist. Ich fürchte, dass eine lange und auch schlaflose Nacht vor mir liegt. Morgen bei der Beerdigung …«

Terry unterbrach ihn. »Wegen der rufe ich an, Don.«

»Du kannst nicht kommen?«

Sheridan legte eine kurze Pause sein. Dann sagte er: »Ja, das ist tatsächlich der Fall. Bitte, sei mir nicht böse. Ich kannte deinen Vater ja, aber ich komme hier nicht weg. Ich arbeite mit Hochdruck an dem Fall Nancy Goldman, und mir sind zwei Leute krank geworden und …«

»Bitte, Terry, du brauchst dich nicht zu entschuldigen. Wenn jemand Verständnis dafür hat, dann ich.« Don streckte die Beine aus. »Da wir gerade beim Thema sind: Gibt es Neuigkeiten in diesem Fall?«

»Noch nicht.«

»Hm … schade. Aber ihr bleibt am Ball?«

»Na ja, noch suchen wir den Ball.«

»Klingt nicht gut.«

Sheridan lachte. »Wie ich sagte, wir ermitteln mit Hochdruck. Das tun wir in einem Mordfall immer, das weißt du.« Wieder entstand eine Pause, dann fragte er: »Wann kommst du nach London zurück?«

»So bald wie möglich, Terry. Das heißt, ich werde wohl morgen Nachmittag losfahren. Sobald ich wieder in der Stadt bin, rufe ich dich an.«

»Tu das.« Sheridan räusperte sich. »Und noch mal, Don, nimm es mir nicht übel, aber ich stecke hier wirklich bis zum Hals in der Arbeit, und du weißt, dass ich gern gekommen wäre ...«

»Alles klar. Ich verstehe das. Wir sehen uns morgen.«

»Klar. Alles Gute.«

»Danke.«

Das Gespräch war beendet, doch Don steckte das Handy nicht wieder weg. Er fühlte sich nach diesem Anruf wieder zurückversetzt in die normale Realität. Sein toter Vater mit dem dritten Auge auf der Stirn erschien ihm plötzlich sehr weit weg. Er kramte in der Brusttasche seines Hemdes und holte einen zusammengefalteten Zettel hervor. Darauf hatte er die Telefonnummer des Bestatters notiert.

Er wollte Sloane noch anrufen und ihm einige Fragen stellen.

Der Bestatter war noch im Geschäft, und er meldete sich mit einer Stimme, die sich so traurig anhörte, als laste auf seinen Schultern alles Leid der Welt.

Don machte dem seichten Spuk ein Ende. »Ich bin kein neuer Kunde, Mr Sloane. Hier spricht Don Harris, und ich ...«

»Ach, Sie sind es.«

»Ja.«

»Waren Sie bei Ihrem Vater?«

»Natürlich.« Don räusperte sich. »Und genau darüber wollte ich mit Ihnen sprechen.«

»Oh, sind Sie mit meiner Arbeit nicht zufrieden?«

»Keine Sorge, das war schon okay.«

»Da fällt mir ein Stein vom Herzen. Ich bin jemand, der seine Arbeit wirklich perfekt machen will, und bisher hat sich auch niemand beschwert, wenn Sie verstehen, was ich …«

»Das will ich ebenfalls nicht«, unterbrach Don den Redeschwall des Bestatters. »Ich möchte nur wissen, ob Ihnen an meinem Vater etwas aufgefallen ist.«

»Ähm … an der Leiche?«

»Woran sonst?«

»Nein, Mr Harris, da ist mir nichts aufgefallen. Hätte mir denn etwas auffallen sollen?«

»Ich weiß nicht. Deshalb frage ich Sie ja.«

Der Bestatter ließ sich mit der Antwort Zeit. »Es gab keine Anzeichen, dass Ihr Vater eines gewaltsamen Todes gestorben ist, wenn Sie das vielleicht meinen. Ihr Vater erlitt einen Herzschlag und war tot. Eigentlich ein schönes Ende, wenn man bedenkt, wie viele Menschen vor ihrem Ableben noch lange leiden müssen.«

»Ja, das schon. Aber das meine ich nicht.«

»Was denn?«

»Gab es vielleicht Veränderungen in seinem Gesicht?«, erkundigte sich Don vorsichtig.

»Nein, nein«, stammelte Sloane, und dann noch einmal: »Nein, da war nichts. Ihr Vater machte sogar einen sehr friedlichen Eindruck.«

»Tja, dann danke ich Ihnen für die Auskunft.«

Sloane war verwirrt, das hörte man seiner Stimme an, als er fragte: »Kann ich sonst noch etwas für Sie tun?«

»Nein, Mr Sloane, im Moment nicht. Sollte sich daran allerdings etwas ändern, werde ich Ihnen Bescheid geben. Ihre Telefonnummer habe ich ja.«

»Ja, tun Sie das. Und ich wünsche Ihnen noch einen angenehmen … ähm, ich meine …«

»Schon gut, Mr Sloane. Auch Ihnen einen schönen Abend.«

»So habe ich das nicht gemeint. Ich …«

Don hörte nicht mehr hin. Er hatte auf die Taste mit dem roten Hörer gedrückt und ließ das Handy wieder verschwinden.

Also nichts!

Wirklich enttäuscht war er nicht. Es wäre auch recht unwahrscheinlich gewesen, hätte sich dem Bestatter das dritte Auge gezeigt. Das war wohl etwas, was nur den Vater und den Sohn etwas anging. Für seine Zukunft war es entscheidend. Davon ging Don Harris aus.

Im Glas schimmerte noch der goldbraune Drink. Don Harris hob es an und flüsterte: »Auf dich, Dad. Egal, wo du dich jetzt auch befinden magst.«

Mehr fiel ihm nicht ein. Er setzte das Glas an und trank es mit einem kräftigen Zug leer.

4

Don Harris übernachtete im Arbeitszimmer seines Vaters, doch viel Schlaf fand er nicht. Ihm ging einfach zu viel durch den Kopf, und immer, wenn er die Augen schloss, sah er das Gesicht von Sir Edward Harris mit dem dritten Auge vor sich. Selbst dann, wenn er für kurze Zeit einschlief, suchte ihn dieses schaurige Bild heim und erschreckte ihn derart, dass er mit einem Aufschrei erwachte, um anschließend wieder darüber nachzugrübeln.

Zu einem Resultat kam er nicht. Die Sonne war noch nicht aufgegangen, als er ins Bad ging, eine heiße Dusche nahm und sich danach im Spiegel anschaute.

Es starrte ihm zwar kein fremdes Gesicht entgegen, aber die dunklen Ringe unter den Augen gefielen ihm ganz und gar nicht. Er kam sich völlig schlapp und energielos vor, und er dachte daran, dass in wenigen Stunden sein Alter Herr zu Grabe getragen wurde.

Es würde keine große Beerdigung werden. Einige alte Freunde würden kommen, auch Bewohner aus dem Ort, und ein Pfarrer würde eine kurze Rede halten. Ob noch jemand von den Freunden ein paar Worte sagen würde, wusste Don nicht.

Zum Pfarrer wollte er noch. Das hatte er eigentlich

schon am Abend vorgehabt, doch er hatte sich nicht in der Verfassung dazu gefühlt.

Don holte seinen dunklen Anzug aus dem Koffer und zog sich im Arbeitszimmer an, während in der Küche die Kaffeemaschine lief. Als er aus dem Fenster schaute, sah er, wie sich das fahle Grau der Morgendämmerung allmählich auflöste. An diesem Morgen hörte er auch Vögel zwitschern, anders als am vergangenen Abend. Ihr Zwitschern klang fröhlich, so als freuten sie sich auf den neuen Tag, der laut Wetterbericht sogar Sonnenschein bringen sollte. Don war es egal. Mit dem Bestatter war abgesprochen, dass dieser den Sarg zum Friedhof schaffte.

Das weiße Hemd, die dunkle Krawatte, der ebenfalls dunkle Anzug. Don kam sich irgendwie verkleidet vor, doch er wusste, was er seinem verstorbenen Vater und den anderen Trauergästen schuldig war. Da konnte der Sohn nicht in lockerer Kleidung erscheinen.

Während er den starken Kaffee trank, telefonierte er mit dem Pfarrer, der bereits auf den Beinen war. Er war etwas pikiert, weil Don ihn nicht am Abend zuvor aufgesucht hatte.

»Es tut mir wirklich leid, ich habe es nicht mehr geschafft. Gibt es denn Probleme?«

»Nein, rein sachlich ist alles klar. Ich habe auch alles mit Mr Sloane abgesprochen. Ich hätte nur gern ein paar Sätze mit dem Sohn des Mannes gewechselt, mit dem ich mich immer gut verstanden habe. Wir haben oft zusammen gegessen und geredet.«

»Ja, das sagte mein Vater mir. Aber ich kann mich nur noch mal entschuldigen und …«

»Schon gut. Dann sehen wir uns vor der Trauerhalle.«

»Ja, so ist es.«

Don trank noch eine zweite Tasse. Er war froh, nicht mehr zum Pfarrer zu müssen. Er würde im Haus bleiben und die Ankunft des Bestatters abwarten.

Es war auch für ihn ein seltsamer Tag. Irgendwie konnte er es nicht richtig fassen, was in den nächsten Stunden geschehen sollte: Man würde seinen Vater auf dem Friedhof von Glastonbury beisetzen und dann die Totenfeier halten. Nach wie vor ging ihm auch das dritten Auge auf der Stirn seines Alten Herrn nicht aus dem Sinn, und er grübelte weiterhin darüber nach, was es wohl bedeuten mochte.

Wenig später hatte er keine Zeit mehr, sich mit diesen Gedanken zu beschäftigen. Sloane und seine Mitarbeiter erschienen. Sie parkten den Leichenwagen vor dem Haus.

Don ging mit ihnen in die Kapelle. Sein Herz klopfte schon schneller, und er fragte sich, wie sein Vater wohl aussah. Sollte sich wieder das Auge auf der Stirn zeigen?

Nein, er lag ganz normal im Sarg, und von einer Veränderung war nichts zu sehen.

Als die Mitarbeiter den Deckel auf das Sargunterteil gelegt hatten und ihn verschlossen, spürte Don wieder den dicken Kloß in seiner Kehle. Mr Sloane stellte sich neben ihn. Er trug wieder seinen Anzug, der so seltsam roch, und schniefte sogar.

»Es ist ein Abschied für immer, Mr Harris.«

»Das denke ich auch.«

»Ihr Vater wird eine würdige Beerdigung erhalten. Da brauchen Sie sich keine Sorgen zu machen.«

»Die mache ich mir auch nicht.«

Der Sarg wurde hinausgetragen und in den Leichenwagen geschoben. Don kam sich plötzlich so verdammt allein vor. Auf seinen Schultern schien eine ungeheure Last zu liegen, und es gab keinen nahen Verwandten mehr, mit dem er darüber hätte reden können. Sein Vater war ihm sehr oft ein guter Ratgeber gewesen, nur war das jetzt endgültig vorbei.

Der Wagen mit der Leiche hatte das Grundstück kaum verlassen, da trafen die ersten Trauergäste ein. Freunde des Vaters, manche allein, andere mit ihren Ehefrauen. Alle in Schwarz gekleidet. Sie kondolierten ihm bereits vor der Beerdigung, was Don hasste, aber auf der anderen Seite verstand er, dass sie es nur gut meinten.

Don schaltete sein Denken einfach aus. Er ließ alles an sich vorbeilaufen. Dazu gehörte auch die Trauerfeier mit der Rede des Geistlichen, der in der Tat sehr treffende Worte für den Verstorbenen fand. Es waren auch zahlreiche Menschen aus dem Ort gekommen, sodass die kleine Trauerhalle gut gefüllt war.

Den kurzen Weg zum Grab erlebte Don, als würde er neben sich hergehen. Er trat erst wieder zurück in die Wirklichkeit, als ein alter Freund seines Vaters eine ergreifende Rede hielt.

James Asher kannte ihn von Jugend auf, und Don, der sich eigentlich hatte zusammenreißen wollen, konnte seine Tränen nicht mehr zurückhalten.

Auch die Umgebung wirkte traurig und verstärkte noch die düsteren Gefühle, die man bei einem solchen Anlass empfand: der Friedhof mit seinen Totenhäusern und zahlreichen Gräbern, die mit unterschiedlich hohen und auch unterschiedlich gestalteten Grabsteinen bestückt waren, die dornigen Büsche und die alten Trauerweiden und Platanen. Hinzu kam noch der Dunst, der sich lautlos über das Gelände bewegte, als hätten sich in ihm die Geister der Toten vereinigt.

Sir Edward Harris wurde neben seiner Frau zur letzten Ruhe gebettet. Don presste die Lippen zusammen, während er zuschaute, wie der Sarg von den vier Mitarbeitern des Bestatters in das offene Grab gelassen wurde. Die Kränze und Gestecke sowie die Blumensträuße lagen etwas abseits und bedeckten einen Lehmhügel.

Don schluckte immer wieder. Er wusste, dass er der Erste war, der von seinem Vater Abschied nehmen musste. Gelbe Rosen standen in einer Vase bereit. Don wartete, bis sich die Männer mit ihren steifen Zylindern auf den Köpfen ein wenig zurückzogen, dann trat er die wenigen Schritte bis an den Rand des Grabes. Er hatte eine Rose aus der Vase gezupft und ließ sie auf den Sarg fallen.

Plötzlich überkam ihn der ungemein starke Wunsch zu sprechen. Es musste einfach raus, aber er flüsterte die Worte nur, denn er wollte nicht, dass andere ihn hörten.

»Wo immer du jetzt bist, Dad, ich hoffe, dass es dir gut geht und du wieder mit deiner geliebten Frau zusammen bist. Grüß Mutter von mir. Und was das Zeichen auf deiner Stirn betrifft, nehme ich an, da hast du mir eine Art Erbe hinterlassen. Stimmt's? Nun ja, ich bin überzeugt davon, dass ich dieses Rätsel irgendwann lösen werde. Mach's gut …«

Bei den letzten Worten lösten sich Tränen aus seinen

Augen und rollten ihm über die Wangen. Er drehte sich dem Lehmhügel zu, in dem die Schaufel steckte, und packte den Griff mit beiden Händen, holte einen Brocken Lehm aus dem Hügel und ließ ihn auf den Sargdeckel fallen.

Er hörte das Poltern und zuckte leicht zusammen. Dann rammte er die Schaufel wieder in die Hügelseite. Er wusste genau, welches Ritual nun folgen würde. Er wäre ihm gern aus dem Weg gegangen, doch er musste sich ihm stellen.

Don wandte sich den Trauergästen zu. Die Männer und Frauen standen noch ein wenig unschlüssig da. Niemand traute sich so recht, den Anfang zu machen. So erhielt Don die Gelegenheit, in die Gesichter zu schauen. Er kannte alle, die gekommen waren. Die einen gut, die anderen weniger gut. Aber alle wollten sie seinem Vater die letzte Ehre erweisen.

Alle?

Nein, da war jemand, den er noch nie gesehen hatte. Oder vielleicht doch? Es war eine schwarz gekleidete Frau, die sich etwas im Hintergrund hielt, aber so stand, dass sie nicht übersehen werden konnte. Sie trug einen eleganten Hut mit einem schwarzen Schleier, der ihr Gesicht verbarg.

Etwas Seltsames geschah: Plötzlich hatte Don das Gefühl, nur noch die verschleierte Frau zu sehen. Alles andere schien sich auf seltsame Weise aufzulösen, wurde zu Nebelschwaden, die ineinander verliefen und zerflossen.

Don wusste nicht, was er davon halten sollte. Wenn sie wenigstens ihr Gesicht gezeigt hätte, dann hätte er sich überzeugen können, ob er sie kannte oder nicht. Nebenbei stellte er fest, dass sie die einzige Frau war, die einen Schleier trug, als wollte sie nicht, dass man sie erkannte.

Noch länger auf sie konzentrieren konnte er sich nicht, denn jetzt musste er sich den Beileidsbekundungen der Trauergäste stellen. Sie kamen der Reihe nach auf ihn zu, reichten ihm die Hand oder umarmten ihn und flüsterten ihm Worte zu, die Trost spenden sollten.

Was Don zur Antwort gab, hätte er später nicht mehr zu sagen gewusst. Er kam sich vor, als würde er sich in einem Traum befinden, der so schnell kein Ende nahm.

Er reichte auch dem Pfarrer die Hand, und sogar der Bestatter Sloane war gekommen, um sein Beileid auszudrücken, was ihm Don nicht so richtig abnahm.

Die Reihen lichteten sich. Noch zwei Frauen aus dem Ort drückten ihm die Hand, dann stand Don Harris allein vor dem offenen Grab seines Vaters. Das hatte er so gewollt. Die übrigen Trauergäste würden in ein Gasthaus gehen, wo es eine Kleinigkeit zu essen und auch zu trinken gab. An diese alte Tradition musste sich Don schon halten. Er selbst würde nachkommen, organisiert war ja alles.

Die verschleierte Frau fiel ihm wieder ein. Und er dachte daran, dass sie als Einzige unter den Gästen nicht zu ihm gekommen war, um ihm zu kondolieren. Warum nicht? Wer war sie? Nur eine Beobachterin?

Don wischte sich mit seinem Taschentuch die Augen trocken und ließ danach seinen Blick schweifen. Es war niemand mehr da. Die letzten schwarz gekleideten Gestalten verschwanden soeben hinter einer Buschgruppe.

Allerdings warteten in der Nähe bereits zwei Männer in Arbeitskleidung, die auf einer Bank saßen. Sie würden das Grab zuschaufeln, sobald Don es verlassen hatte.

Noch einmal drehte er sich um und warf einen letzten Blick ins Grab. Der Deckel des Sarges war mit feuchter Erde bedeckt. Die gelben Rosen schienen in diesem feuchten braunen Lehm unterzugehen.

Don dachte zwar weiterhin an seinen Vater, aber auch diese geheimnisvolle Frau, die ihr Gesicht hinter einem Schleier verborgen hatte, ging ihm nicht mehr aus dem Kopf. Wer war sie? Und warum war sie gekommen?

Don Harris vernahm hinter sich ein leises Rascheln. Es hörte sich an, als würde Stoff über Stoff schaben. Er drehte sich um, und …

Vor ihm stand die verschleierte Frau.

Don Harris tat nichts und sagte nichts, er holte nur durch die leicht verstopfte Nase laut Luft. Und er saugte mit seinen Augen den Anblick auf, der sich ihm bot.

Die Frau trug einen langen dunklen Stoffmantel, dessen Saum ihr bis zu den Knöcheln reichte. Der Mantel war hochgeschlossen bis zum Hals. Dort sah er ihre helle Haut, denn sie hatte auf einen Schal verzichtet. Dafür trug sie einen Hut auf dem Kopf, von dessen Krempe vorn der dunkle Schleier vor ihrem Gesicht hing, durchsichtig zwar, und dennoch ließ er ihr fein geschnittenes Gesicht eher erahnen.

Da die Unbekannte nichts sagte, begann Don das Gespräch, was ihm nicht leichtfiel. »Danke, dass Sie zur Beerdigung meines Vaters gekommen sind.«

»Es war mir ein Bedürfnis.«

Don lauschte ihrer Stimme nach. Sie klang sehr weiblich, aber auch intensiv. Dieser Frau schien so leicht niemand etwas vormachen zu können, das spürte er sofort.

Noch wusste er nicht, wer sie war und in welchem Verhältnis sie zu dem Verstorbenen gestanden hatte. Das wollte Don herausfinden, und so sagte er: »Sie werden entschuldigen, aber ich kenne Sie nicht. Da Sie jedoch zur Beerdigung gekommen sind, denke ich, dass Sie meinen Vater gut gekannt haben.«

»Das ist möglich.«

»Wie – möglich?« Etwas verwirrt schüttelte er den Kopf.

»Belassen wir es dabei.«

»Gut, wie Sie meinen. Dass Sie mich kennen, davon gehe ich aus. Aber mich würde brennend interessieren, mit wem ich es zu tun habe.«

»Gern. Ich heiße Elektra …«

Don hatte den Namen gehört, ihn auch verstanden, doch er sagte ihm nichts. Das heißt, der Name war ihm schon bekannt. Er stammte aus der griechischen Mythologie, und der Komponist Richard Strauss hatte eine Oper über diese alte Legende geschrieben. Das war aber alles, was er darüber wusste.

»Gut.« Don versuchte ein Lächeln, doch es wurde nur eine Grimasse daraus, worüber er sich selbst ärgerte. »Da Ihr Kontakt mit meinem Vater nicht mehr bestehen kann, sind Sie jetzt zu mir gekommen, richtig?«

»So ist es.«

»Und was ist der Grund?«

Elektra antwortete nicht. Zumindest nicht mit Worten.

Dafür hob sie die Hände an, die in schwarzen Handschuhen steckten, die ihr bis zu den Ellbogen reichten, und lüftete für einen winzigen Moment den Schleier, sodass Don einen Blick in ihr Gesicht werfen konnte. Er sah weiche Züge, einen blutroten Mund mit vollen Lippen, zwei große Augen und Haare mit einem rötlichen Schimmer.

Dann fiel der Schleier wieder.

»Wollen Sie mir keine Antwort geben?«, fragte Don, noch immer verwirrt. »Ich denke, dass es nicht nur der Tod meines Vaters war, der Sie hergeführt hat. Oder irre ich mich?«

»Nein, du irrst dich nicht, Don!«

Du hatte sie gesagt. Plötzlich war der Ton vertraulich geworden, und Don Harris wusste zunächst nicht, wie er darauf reagieren sollte. Er kannte die Person nicht, sie allerdings schien ihn dafür umso besser zu kennen.

Sie sprach weiter, ohne dabei den Schleier noch einmal zu lüften. »Ich werde dich von nun an in deinem neuen Leben begleiten, Don. Und du wirst mich immer finden, wenn es nötig ist. Das solltest du nicht vergessen.«

Harris stand da wie in eine Form gegossen. Er hatte ihr zugehört und ihre Worte auch genau verstanden, aber begriffen hatte er nichts. Diese Erklärung gab ihm nur neue Rätsel auf. Sie hatte ihm auch nichts über ihr Verhältnis zu seinem Vater gesagt, ihre Antwort bezog sich allein auf ihn, und Don kam der Gedanke, dass sie wohl nur seinetwegen an der Beerdigung teilgenommen hatte.

»Das ist mir alles zu mysteriös«, sagte er leise. »Es tut mir leid, aber so ist es.«

»Ich weiß, Don. Noch bin ich ein Rätsel für dich. Aber

es wird die Zeit kommen, da werden dir die Augen aufgehen. Und ich verspreche dir, dass dies schon sehr bald der Fall sein wird.«

Er sah, dass sie hinter dem Schleier lächelte. Für einen Moment schimmerten die hellen Zähne zwischen ihren vollen Lippen, dann verschwand das Lächeln wieder. Don erwischte ein leichter Windhauch, als sich Elektra umdrehte und davonging.

Don schaute auf ihren Rücken. Der Mantel bewegte sich bei jedem Schritt. Er sah Elektra den schmalen Weg entlanggehen, der nach gut zwanzig Metern in den Hauptweg mündete. Dort wandte sie sich nach rechts, drehte ihm noch mal das Gesicht zu und war verschwunden.

Weg! Einfach so. Als hätte sie sich aufgelöst …

Don Harris stand weiterhin vor dem offenen Grab. Er wollte über die Begegnung nachdenken, was ihm nicht richtig gelang. Es dauerte, bis sein Kopf so klar war, dass er sich an ihre Sätze erinnern konnte.

Was hatte sie ihm gesagt?

Sie wollte ihn in seinem neuen Leben begleiten? In welchem neuen Leben?

Don hatte nicht vor, ein neues Leben zu beginnen oder sich beruflich zu verändern. Demnach war es Unsinn, was diese Elektra da von sich gegeben hatte. Einfach Quatsch und … Nein, das war es nicht, da war er sich sicher. Sein Leben würde sich verändern, das hatte er schon gewusst, bevor Elektra es ihm gesagt hatte.

Was wusste sie über ihn? Und über seinen Vater? Kannte sie das Geheimnis des dritten Auges?

Ich muss sie fragen, nahm er sich vor. Er wusste nicht, wie lange er nach ihrem Verschwinden vor dem Grab gestanden hatte, aber wenn er sich beeilte, würde er sie bestimmt noch einholen.

Mit derart zügigen Schritten hatte wohl noch nie ein Sohn das Grab seines geliebten Vaters verlassen. Es sah aus, als wollte Don von dieser letzten Ruhestätte flüchten.

Die Einmündung des Hauptwegs hatte er schnell erreicht. Er blieb stehen, schaute den Weg entlang und sah, abgesehen von einigen dünnen Nebelbahnen, die über dem Weg trieben, nichts mehr.

Don stöhnte auf und schüttelte den Kopf. Erneut war er verwirrt. Zuerst das dritte Auge auf der Stirn seines toten Vaters, und nun das geheimnisvolle Auftauchen dieser Frau, die sich Elektra nannte.

Für ihn war klar, dass zwischen den beiden Ereignissen ein Zusammenhang bestand, und den würde er herausfinden müssen …

Es gehörte sich, dass Don den Trauergästen im Gasthaus einen Besuch abstattete. Sie waren alle versammelt und hatten ihre Fahrzeuge auf dem kleinen Parkplatz vor dem Lokal abgestellt.

Don musste den Kopf einziehen, um durch die Tür zu gelangen. Kaffeeduft wehte ihm entgegen. Der große Raum an der linken Seite war fast bis auf den letzten Platz voll. Wären alle gekommen, wäre es sehr eng geworden.

Die Gespräche verstummten, als Don den Raum betrat. Der leichte Hunger, den er verspürte, sagte ihm, dass er allmählich wieder zu einem Menschen wurde, und er war froh, ein mit Putenfleisch belegtes Sandwich essen zu können. Dazu trank er Kaffee.

Die nächste Stunde verging schnell. Er bemühte sich, mit allen Trauergästen zu sprechen und sich bei ihnen zu bedanken. Doch er merkte auch, dass er mit seinen Gedanken nicht so recht bei der Sache war. Er kam sich zwischen den Bekannten und Freunden seines Vaters wie ein Fremdkörper vor. Irgendetwas trieb ihn weg, zudem wollte er noch ein letztes Mal durch das Haus gehen.

Man sprach über den Verstorbenen, und auch Don musste über ihn und über sich selbst erzählen. Viele der Anwesenden hatten ihn als kleinen Jungen gekannt, sprachen natürlich von alten Zeiten, auf die Don auch einging, aber mit seinen Gedanken war er ganz woanders. Der Auftritt der geheimnisvollen Elektra spukte ihm durch den Kopf. Möglicherweise war sie so etwas wie eine Fleisch gewordene Schicksalsgöttin, aber das musste sich noch herausstellen. Er ging davon aus, dass es nicht das letzte Zusammentreffen mit ihr gewesen war.

Die Menschen hatten Verständnis dafür, dass er sich früh verabschiedete. London und damit der Job warteten auf ihn. Nach einer kurzen Dankesrede verließ er das Lokal.

Als er ins Freie trat, hatte er das Gefühl, einen Schritt in seine neue Zukunft zu tun. Wie hatte Elektra noch gesagt?

Ein neues Leben!

Don Harris war gespannt, ob ihre Weissagung zutreffen würde …

5

Auch in London fand er keinen ruhigen Schlaf. Gegen Abend war Don Harris dort eingetroffen, hatte sich auch sofort hingelegt, aber wilde Träume hatten ihn heimgesucht und rissen ihn immer wieder aus dem Schlaf. In diesen Träumen sah er immer wieder eine verschleierte Frau, die sich stets in seiner Nähe aufhielt.

Daran dachte er noch, als er am frühen Morgen mit seinem Freund Terry Sheridan telefonierte.

»Aha, der verlorene Sohn ist wieder da!«

»Ich liebe die Stadt eben. Mit allem, was dazugehört.«

»Kann ich mir denken.«

»Hast du Zeit?«

»Für dich immer, Don.«

»Okay, dann bin ich bald bei dir.«

»Ich warte im Büro.«

Don Harris gehörte zu jenen glücklichen Menschen, die in London eine Garage ergattert hatten. Sie kostete zwar eine horrende Summe, aber das war ihm egal, denn wo sonst hätte er seinen alten Spitfire unterstellen sollen?

Der Wagen war zwar alt, aber mit der neuesten Technik ausgestattet. Sogar ein GPS hatte er sich einbauen lassen. Don war froh, wieder die Kraft des Autos unter seinem Hintern zu spüren.

Er wollte Terry Sheridan nicht unbedingt einen Freundschaftsbesuch abstatten. Dass er zu ihm fuhr, hatte auch andere, handfestere Gründe: Er hatte Nancy Goldman nicht vergessen. Sie war eiskalt ermordet worden. Terry und seiner Mannschaft war es noch nicht gelungen, den verdammten Killer zu fassen.

Wie immer herrschte zu viel Verkehr in der Stadt, aber das kannte Don mittlerweile.

Terry Sheridan hatte im Gebäude von »New Scotland Yard« an der Ecke Broadway und Victoria Street ein eigenes Büro, in dem man sich ungestört unterhalten konnte. Es war zwar nicht groß, aber wer arbeitete schon in einem Wohnzimmer?

Den Wagen konnte Don auf einem bewachten Hof abstellen, und wenig später klopfte er gegen die Bürotür.

Terry saß hinter seinem Schreibtisch und hob die rechte Hand mit der Kaffeekanne. »Komm rein und trink einen Schluck mit!«

»Das hatte ich auch vor.«

Terry verteilte Kaffee in zwei Tassen. Er trug an diesem Morgen ein schwarzes Hemd und dazu eine grüne Krawatte, die farblich zu seinem Jackett passte. Die wirren roten Haare bildeten dazu ebenso einen Kontrast wie die Sommersprossen auf seinem Gesicht.

Don und Terry waren zwar von Jugend an befreundet, was aber nicht zwangsläufig bedeutete, dass Don seinem alten Freund alles erzählte. Den Vorgang mit dem dritten Auge und auch das Treffen mit der geheimnisvollen Elektra wollte er für sich behalten.

»War's schwer, Don?«

Harris saß auf einem Stuhl und schaute Terry über den Schreibtisch hinweg an. »Leicht war es nicht.«

»Kann ich mir denken. Ich wäre gern gekommen, aber da war nichts zu machen.«

Don lachte. »Ich habe dir schon gesagt, dass ich dafür durchaus Verständnis habe.«

»Danke.«

Beide tranken. Als sie gemeinsam die Tassen absetzten, winkelte Terry die Arme an und legte sie auf den Schreibtisch. So abgestützt fragte er: »Dir geht es bestimmt um Nancy Goldman?«

»Genau.«

»Dank deiner Aussage haben wir die Autonummer überprüfen können. Es ist ein Mietwagen. Der Killer hat das Fahrzeug also geleast. So weit sind wir gekommen.«

»Aber ihr habt nicht den Mieter oder den Täter?«

»Leider nicht.«

»Und den Namen?«

Terry grinste breit. »Der Typ hat den Wagen unter dem Namen James Fox gemietet. Er hat ihn noch nicht zum Verleiher zurückgebracht, sondern für mehrere Tage im Voraus bezahlt. Wir gehen davon aus, dass der Name echt ist, aber er hat eine Adresse in Schottland, in Edinburgh, angegeben. Die Kollegen dort ermitteln ebenfalls, aber wir nehmen an, dass sich Fox noch in London aufhält.«

»Und du bist sicher, dass der Name echt ist?«

Sheridan zuckte mit den Schultern. »Er konnte ja nicht wissen, dass wir über deine Ahnungen oder Visionen auf den Wagen aufmerksam werden und so seinen Namen ermitteln würden.«

»Läuft die Fahndung nach dem Wagen?«

»Sicher. Wofür hältst du uns?«

»Aber ihr habt ihn bisher nicht gefunden?«

»Nein, haben wir nicht. Doch die Kollegen geben nicht auf. Wenn der Bursche den Wagen immer noch fährt, dann kriegen wir ihn.«

Don nickte vor sich hin. »James Fox …«, murmelte er. »Der Name sagt mir nichts, da bin ich ehrlich, aber ich werde das Gefühl nicht los, dass wir ihn noch heute kriegen.«

Terry staunte seinen Freund an. »Wie kommst du darauf?«

»Ich … ich weiß es nicht.«

»Sind es wieder deine … deine … Vorahnungen? Siehst du was, was ich nicht sehe?«

»So ist das nicht.«

»Sondern?«

»Es ist nur ein Gefühl, das ich nicht mit dem Begriff Vorahnung bezeichnen möchte.«

»Okay, dann können wir nur warten«, sagte Terry Sheridan. »Wir überprüfen auch die Hotels, da dieser Fox ja nicht in London wohnt. Mal schauen, was dabei herauskommt.«

»Dann müsste er unter demselben Namen dort eingecheckt haben«, gab Harris zu bedenken.

»Sicher«, bestätigte Terry Sheridan. »Wie gesagt: Er kann nicht wissen, dass wir durch deine Begabung auf ihn aufmerksam wurden und das Kennzeichen seines Wagens und dadurch auch seinen Namen kennen.«

»Habt ihr ein Foto von dem Kerl?«

Sheridan schüttelte den Kopf. »Noch nicht. Ich hoffe aber, dass die Kollegen in Schottland Erfolg haben und uns eins zumailen können.«

»Na, mal schauen«, murmelte Don.

Terry runzelte die Stirn. »He, warum bist du so nachdenklich, mein Freund?«

»Ach, ich bin noch etwas geschafft von der langen Fahrt.«

»Soll ich dir das glauben?«

»Warum nicht?«

»Ich denke da an deine Begabung. Ich kenne das Spiel ja, und bei Nancy Goldman habe ich es wieder erlebt. Für mich bist du so etwas wie ein Psycho-Cop.«

Don musste lachen. »Ein was bin ich?«

»Psycho-Cop.«

»Toll.«

»Gefällt dir die Bezeichnung nicht?«

Don hob die Schultern. »Wenn du das sagst, will ich nicht widersprechen. Aber behalte es für dich. Ich will nicht, dass man mich bei der ESI darauf anspricht.«

»Nein, nein.« Terry grinste. »Das ist wie früher im Internat. Da hatten wir auch Geheimnisse, von denen die anderen nichts wussten. So etwas prägt, nicht wahr?«

Das Telefon unterbrach ihn. Terry hob ab, meldete sich, lauschte und riss dann die Augen weit auf. Sogleich schaltete er den Lautsprecher ein, damit sein Besucher mithören konnte.

»Wiederholen Sie das noch mal, Constable Jones«, bat Terry aufgeregt.

Don vernahm eine hastig sprechende Männerstimme:

»Wir stehen hier auf einem Hotelparkplatz in der Nähe von Heathrow, Sir. Es ist sicher, dass wir den Killer gefunden haben. Er hat im ›Fly Inn‹ eingecheckt.«

»Woher wissen Sie das so genau?«

»Er benutzte den Namen James Fox!«

Terry starrte Don Harris an. Dieser zuckte mit den Schultern und meinte: »Der Kerl scheint sich tatsächlich ziemlich sicher zu fühlen.«

»Wir sind jetzt im Wagen und wollen fragen, ob wir zugreifen sollen oder erst abwarten«, sprach der Constable weiter.

»Sie warten.«

»Gut.«

»Ich brauche Ihre genaue Position.«

Jones wollte sie durchgeben. Es war auch zu hören, dass er zum Sprechen ansetzte, aber er kam nicht mehr dazu, auch nur eine Silbe verlauten zu lassen. Don und Terry hörten einen leisen Schrei, dann einen zweiten Mann, der ebenfalls schrie, und dazwischen Laute, die bei ihnen eine Gänsehaut erzeugten: Schüsse aus einer Waffe, die mit einem Schalldämpfer versehen war. Danach wurde es still.

Die Stille des Todes …

Terry Sheridan schrie in den Hörer. »Jones! Constable Jones, hören Sie mich?«

Keine Antwort.

Terry Sheridan legte auf. Eine Sekunde später lief er zur Höchstform auf. Er mobilisierte ein Einsatzkommando, gab die nötigen Anweisungen und lief hinter Don Harris her, der das Büro bereits verlassen hatte …

James Fox hätte auch auf dem Zimmer sein Frühstück zu sich nehmen können, aber darauf verzichtete er. Man kannte ihn hier nicht. Man wusste nichts über seinen Beruf, und auch deshalb liebte er die Anonymität der Kettenhotels.

Das »Fly Inn« lag in der Nähe des Flughafens Heathrow. Wer durch die großen Scheiben des Frühstücksraums schaute, der sah in der Ferne die Gebäude des Flughafens und konnte auch die startenden oder landenden Maschinen beobachten.

Dafür hatte Fox keinen Blick. Er saß so, dass er in den großen Raum hineinschaute, zudem mit dem Rücken zur Wand, die mit einem hellen Stoff bespannt war. Im Raum standen die üblichen Hotelkettentische mit den Stühlen, die allesamt ein hellrotes Polster hatten. Grauer Teppichboden dämpfte die Schritte der Gäste, und an der Seite war das Büfett aufgebaut.

Ungefähr die Hälfte der Tische war besetzt. James Fox hatte sich jeden einzelnen Gast genau angeschaut. Mit dem sicheren Instinkt eines Mannes, der Jäger und Gejagter zugleich war, hatte er erkannt, dass die Gäste ihm nicht gefährlich werden konnten. Sie alle waren ganz normale Zeitgenossen, zum Großteil wohl Geschäftsleute. Dafür hatte Fox einen sicheren Blick.

Ein großer Esser war er nicht. Zwei Tassen Kaffee, etwas Speck und Ei, das war es schon. Sein Mietwagen, der Megane, stand auf dem Parkplatz des Hotels.

Fox wusste, wie die Polizei arbeitete, aber dass sie ihm auf der Spur waren, daran glaubte er nicht, denn er hatte seiner Überzeugung nach alles richtig gemacht.

An diesem Morgen wollte er auschecken und dann auch den Wagen zum Verleiher zurückbringen. Sein Gepäck hatte er bereits bei sich. Es bestand einzig aus einer schlichten Reisetasche aus weichem Stoff. Er hatte sie unter den Tisch gestellt, links neben seine Füße.

Der Speck war kross gebraten, die Eier mundeten ihm. Während er aß, dachte er über Nancy Goldman nach, die er zuletzt mit seinem Besuch beehrt hatte. Sie hätte sich nicht zu weit vorwagen sollen. Damit hatte sie jemanden ins Spiel gebracht, der Fox und seinen Hintermännern überhaupt nicht in den Kram passte.

Nun ja, er hatte das Problem gelöst, aber richtig glücklich fühlte er sich nicht. Er wusste von dem Mann im Hintergrund. Auch wenn Don Harris die ganze Wahrheit noch nicht kannte – vor allem nicht die Wahrheit über sich selbst –, unterschätzen durfte man ihn nicht.

Fox hatte seinen Auftraggebern eine Erfolgsmeldung zukommen lassen, und sobald er den Wagen losgeworden war, würde er für eine Weile abtauchen. Er liebte den Süden Europas und kannte dort Orte, wo niemand fragte, woher jemand kam, denn dort war man an Touristen gewöhnt.

Der Teller war leer gegessen. Den Saft ließ James Fox stehen. Er war sowieso nicht frisch gepresst, und an das künstliche Zeug wollte er sich nicht gewöhnen. Es schmeckte immer etwas bitter.

Im Frühstücksraum herrschte ein ständiges Kommen und Gehen. So fiel nicht auf, dass Fox sich erhob, seine Reisetasche nahm und damit zum Ausgang ging. In der Tasche hatte er auch die schallgedämpfte Waffe. Mit aufgesetztem Schalldämpfer hätte er sie schlecht unter seiner Kleidung tragen können.

Am Empfang musste er sich anstellen, weil zwei Gäste vor ihm zahlen wollten. Von seiner Position aus konnte er durch die Glastür nach draußen schauen. Taxen standen unter einem Vordach und warteten auf Kundschaft. Dem Killer wurde ein völlig normales Bild geboten, was ihn sehr zufrieden stellte.

Der junge Mann hinter dem Tresen lächelte ihn an, als wären sie die besten Freunde.

»Sie möchten zahlen?«

»Was sonst?«

»Ja, natürlich.«

Fox nannte seinen Namen und die Zimmernummer. Es dauerte nicht lange, da hatte der Computer die Rechnung ausgedruckt.

»Auf welche Karte darf ich die Summe verbuchen, Sir?«

»Auf keine, Meister. Ich zahle bar.«

»O ja, das ist gut.« Der Knabe lächelte erneut. »Es kommt nur selten vor.«

»Aber Sie nehmen Bargeld an?«

»Sehr gern.«

Die Sache war schnell geregelt. Aufs Zimmer brauchte Fox nicht mehr zu gehen. Sein Weg brachte ihn direkt in Richtung Ausgang. Als er eine bestimmte Distanz zur Tür erreicht hatte, schwang sie automatisch auf. Fox spürte die frische Luft, die in sein Gesicht wehte. Das tat gut, sie war wesentlich besser als die im Hotel. Die bescherte ihm stets einen trockenen Mund.

Er ging mit lockeren Schritten, wandte sich nach links, verließ den Bereich des Vordachs und ging an der Frontseite des würfelförmigen Hotelkastens entlang bis zur nächsten Ecke. Von dort aus waren es nur ein paar Schritte bis zum Parkplatz, wo der Megane stand.

In diesem Moment entdeckte er den Streifenwagen!

Nun, ein Streifenwagen mit Polizisten war an sich noch kein Unglück, sondern etwas völlig Normales. Aber bei James Fox schrillten die Alarmglocken. Der Killer hatte den Instinkt eines Raubtiers. Er wusste genau, dass die Bullen seinetwegen hier waren.

Fox bewegte sich von seinem Platz nicht weg. Er stand auf der Stelle, wie mit der Hauswand verwachsen. Sein scharfer Blick war auf den Parkplatz gerichtet, und er verfolgte das Verhalten der beiden Beamten genau.

Sie fuhren langsam. Zu langsam für seinen Geschmack. So bewegte man sich, wenn man etwas Bestimmtes suchte, und genau das war bei diesen Männern der Fall.

In der Mitte gab es eine breite Durchfahrt. Die Wagen konnten rechts und links davon abgestellt werden. Das hatte auch der Killer getan. Sein Megane stand am Ende der langen Reihe. So musste Fox nicht lange rangieren, wenn eine Flucht nötig war.

Der Wagen der Polizisten rollte im Schritttempo über den breiten Mittelstreifen, sodass sich die Beamten die Fahrzeuge der Reihe nach genau anschauen und auch die Kennzeichen erkennen konnten.

Noch hielten sie nicht an. Zwei Autolängen waren sie noch von dem Megane entfernt. Würden sie weiterfahren oder stoppen? In James Fox stieg die Spannung. Er leckte sich über die trockenen Lippen.

Der Streifenwagen hielt genau hinter dem Heck des Megane.

Erwischt!

Der Killer schloss für einen Moment die Augen, während in seinem Innern einiges zusammenbrach. Er hatte sich zu sicher gefühlt, war davon überzeugt gewesen, keine Spuren hinterlassen zu haben. Er hatte auch nicht in der Tiefgarage des Hotels geparkt, damit er nicht auf den Bändern der Videoüberwachung zu sehen war. Und trotzdem waren ihm die Bullen auf die Schliche gekommen.

Doch schnell hatte er sich wieder unter Kontrolle. Er war zu abgebrüht, um einfach davonzulaufen.

Er wartete ab, was die Bullen taten. Einer verließ den Wagen. Der Mann hinter dem Lenkrad blieb sitzen.

Lange brauchte der Polizist nicht, um den Megane zu kontrollieren. Er drehte sich um, gab seinem Kollegen ein Zeichen, und selbst aus der Entfernung sah der Killer, wie der Uniformierte hinter dem Steuer zum Sprechgerät griff. Er würde seine Meldung an die entsprechende Stelle durchgeben. Jetzt kam es darauf an, dass Fox schnell handelte.

Er löste sich von der Hausmauer. Er rannte nicht, sondern ging mit zügigen Schritten. Dabei öffnete er seine Reisetasche und holte die mit einem Schalldämpfer versehene Pistole hervor.

Die zwei Polizisten achteten nicht auf ihn. Sie hatten überhaupt keinen Blick für die Umgebung. Sie sahen und ahnten auch nicht, wie nahe der Tod schon bei ihnen war.

In den letzten Sekunden hatte sich James Fox gedankenschnell einen Plan zurechtgelegt. Die Bullen erst noch ansprechen wollte er nicht, sondern sofort handeln, ohne irgendwelche Vorwarnung.

Zuerst den Fahrer!

Mit einer schnellen Bewegung hatte er die Tür aufgerissen. Die Reisetasche hatte er einfach fallen lassen. Was sich in den folgenden Sekunden abspielte, erlebte Fox wie in einem langsam ablaufenden Film. Das Adrenalin schoss durch seine Adern, obwohl er nach außen hin sehr ruhig blieb.

Der Fahrer drehte den Kopf. Für den Bruchteil einer Sekunde sah er den Killer und auch dessen Waffe in der rechten Hand. Der Constable gab einen Laut von sich, einen erstickten Schrei oder ein keuchendes Luftholen, so genau war das nicht auszumachen, dann schlug ihm auch schon das Geschoss in die Stirn und riss dort ein gezacktes Loch mit blutigen Rändern.

Der Mann kippte zur Seite. Er fiel dabei seinem Kollegen entgegen, der bereits den Mund aufgerissen hatte.

Fox schwenkte die Waffe nur ein wenig zur Seite. Er drückte erneut ab und jagte die zweite Kugel genau in den offenen Mund des Polizisten.

Auch er sackte zur Seite. Er fiel gegen das Fenster an der linken Seite. Blut sickerte leicht schaumig aus seinem Mund.

Beide Polizisten boten einen grässlichen Anblick.

Der Killer wusste, dass sie tot waren. Auf seine Treffsicherheit konnte er sich verlassen.

Neben dem Wagen blieb er stehen und ließ seinen

Blick zunächst über den Hotelparkplatz schweifen, weil er sehen wollte, ob man ihn beobachtet hatte.

Das war nicht der Fall. Es fuhr kein Wagen auf den Platz, es rollte auch keiner von ihm weg. Hier war alles ruhig und friedlich.

So ruhig und friedlich wie auf einem Friedhof, dachte Fox zynisch und mit Blick auf die beiden Toten.

Tief atmete er durch. Noch war seine Arbeit nicht erledigt. Er würde die beiden Toten im Wagen zurücklassen. Doch zuvor musste er noch etwas erledigen. Er zog die Fahrertür so weit wie möglich auf, um sich in den Streifenwagen hineinzubeugen.

Dann schloss er die Augen. Es sah aus, als wäre er in dieser unnatürlichen Haltung eingefroren, aber dann geschah das Unglaubliche: Auf seiner Stirn malte sich plötzlich in schwachen Umrandungen ein drittes Auge ab!

Beide Hände legte er gegen die Köpfe der toten Polizisten, und sein Wahrnehmungsvermögen öffnete sich weit.

Eine Vision erreichte ihn. Bilder drangen auf ihn ein. Sie stammten aus der Zeit, die erst wenige Minuten zurücklag. Fox, der die Augen geschlossen hielt, sah die Szene wie auf einem Flachbildschirm. Er sah und erlebte genau das, was die Polizisten kurz vor ihrem Tod getan und erlebt hatten.

Sie hatten Meldung gemacht. Er glaubte sogar, ihre Stimmen im Nachhall zu hören. Doch das war für ihn nicht wichtig. Es kam ihm darauf an, wem sie Meldung gemacht hatten.

Es war ein Mann namens Terry Sheridan.

Der Name sagte Fox nichts.

Aber da gab es noch einen Mann, der zwar räumlich weit von dem Killer entfernt war, dessen Nähe er aber trotzdem spürte. Ein kalter Schauer rieselte über Fox' Rücken.

Er ließ die beiden Toten los, öffnete die Augen und tauchte aus dem Inneren des Fahrzeugs auf. Es blieb ihm nicht viel Zeit, das wusste er. Den Megane konnte er vergessen. Über diesen Wagen waren die Bullen auf ihn aufmerksam geworden. Aber das war nicht mehr weiter tragisch. Auf dem Parkplatz standen genug Fahrzeuge, da konnte er sich eines aussuchen.

Der graue Toyota war genau das richtige Auto für ihn. Es war ein unauffälliger Wagen und auch leicht zu knacken, denn dieses ältere Modell hatte noch keine Alarmanlage.

Er schlenderte darauf zu, als würde der Wagen ihm gehören. Er schaute sich kurz um, dann machte er sich an der Wagentür zu schaffen. Ein entsprechendes Spezialwerkzeug hatte er stets bei sich. Er holte es aus der Reisetasche, und nicht mal eine halbe Minute später hatte er den Wagen geknackt. Die Reisetasche schleuderte er auf den Beifahrersitz.

Wenig später brummte der Motor, und Fox fuhr an.

Als er vom Parkplatz rollte, hörte er bereits die Sirenen der nahenden Streifenwagen.

James Fox lachte siegesgewiss. Die Bullen suchten nach dem Megan, aber nicht nach einem grauen Toyota.

6

Don Harris saß in seinem Spitfire, doch das tolle nostalgische Fahrgefühl konnte er nicht genießen. Dies war keine Spazierfahrt ins Wochenende, es ging darum, einen Mörder zu stellen.

Er hatte es abgelehnt, mit Terry Sheridan zu fahren, denn er wollte allein sein, er musste nachdenken. Es war in der nahen Vergangenheit so einiges auf ihn eingestürmt, was ihm Rätsel aufgab.

Das dritte Auge auf der Stirn seines Vaters. Das alte ägyptische Symbol. Das Allsehende Auge. Ein Zeichen, zweifelsohne. Und zugleich musste es ein Hinweis auf seine Vergangenheit sein, möglicherweise sogar einer auf seine Eltern.

Was weiß ich überhaupt von ihnen?

Genau die Frage stellte sich Don. Was seine Mutter betraf, wusste er wirklich nicht allzu viel von ihr. Den Vater hatte er besser gekannt, aber wiederum auch nicht so gut, wie es eigentlich der Fall hätte sein müssen. Don hatte einfach zu viele Jahre im Internat verbracht.

Und dort hatte er zum ersten Mal seine seherischen Fähigkeiten erlebt. Er hatte zum ersten Mal einen Blick in die Zukunft werfen können, hatte »gesehen«, was passieren würde. Das gelang ihm nicht immer, und es geschah auch nicht jeden Tag. Aber seine Fähigkeit, seine »Gabe«, hatte sich von da an öfter gezeigt. Sie war da, immer latent vorhanden, auch wenn sie sich von ihm nicht kontrollieren ließ.

Möglicherweise würde sich das irgendwann einstellen.

Er grübelte darüber nach, dass diese besondere Eigenschaft oder Gabe ja irgendwo herkommen musste. Sie war bestimmt nicht aus dem Nichts entstanden, und vielleicht hatte sie sogar mit seinen Eltern zu tun. Das dritte Auge auf der Stirn seines Vaters konnte ein Hinweis darauf sein. Es war möglicherweise so etwas wie ein Erbe.

Wie die Bilder eines Films liefen die Ereignisse der letzten Tage vor seinem geistigen Auge ab. Und der »Film« blieb stehen, als er die Szene auf dem alten Friedhof in Glastonbury erreicht hatte.

Da war diese rätselhafte Frau.

Elektra!

Ein irgendwie geheimnisvoller Name und eine noch geheimnisvollere Person. Noch konnte Don Harris mit ihr nichts anfangen, aber er war überzeugt, sie irgendwann wiederzusehen, vielleicht sogar schon in sehr naher Zukunft. Sie hatte ihm versprochen, dass er schon bald sehr viel klarer sehen würde, und sie machte auf ihn den Eindruck einer Person, die ihre Versprechen hielt.

Sie fuhren nach Osten. Don hatte sich an die Wagen der Kriminalisten gehängt. Das Blaulicht und das Heulen der Sirenen verschafften ihnen freie Bahn. Wenn sie am Ziel eintrafen, würden die Kollegen aus dem nahegelegenen Revier bereits am Tatort sein.

Don glaubte nicht, dass sie den Killer noch antreffen würden. Der war nach der Tat bestimmt verschwunden.

Don atmete auf, als er in der Ferne die Gebäude des Flughafens sah. Es waren nur noch ein paar Minuten bis dorthin. Noch immer umgab ihn das Jaulen der Sirenen. Um das Hotel zu erreichen, mussten die Wagen nach links abbiegen. Don blieb den Beamten mit seinem Spitfire auf den Fersen. Von der Abfahrt war es nicht weit bis zum Hotel. Der Parkplatz war bereits von den uniformierten Kollegen durch Flatterbänder abgesperrt worden. Im Zentrum stand der Streifenwagen mit den beiden toten Polizisten.

Dass sie tot waren, darüber hatte man Terry Sheridan bereits informiert. Er hatte den beiden Kollegen sofort Verstärkung geschickt, doch die war zu spät eingetroffen und hatte nur noch die Leichen vorgefunden.

Don hätte auf den Parkplatz fahren können. Einer plötzlichen inneren Eingebung folgend, bremste er sein Fahrzeug jedoch außerhalb ab und blieb in seinem Spitfire sitzen.

Durch die Frontscheibe schaute er dem Treiben draußen zu. Alles lief nach einem genauen Schema ab. Das kannte er. Er arbeitete nicht zum ersten Mal mit der Londoner Polizei zusammen. Er sah seinen Freund Terry Sheridan aus dem Wagen springen und zu den Uniformierten eilen, die offensichtlich auf ihn gewartet hatten.

Don entdeckte auch den Megane des Killers. Er stand auf dem Parkplatz. Also fuhr der Mörder jetzt einen anderen Wagen. Vorausgesetzt, er war nicht zu Fuß unterwegs, woran Don nicht glaubte.

Er blieb im Spitfire sitzen und hätte selbst nicht zu sagen gewusst, warum er nicht ausstieg. Er stellte sich selbst mehrmals die Frage, ohne eine Antwort zu finden. Zugleich war da ein seltsames Gefühl. Er fühlte sich irgendwie leicht, so als würde sein Körper das eigene Gewicht nicht mehr tragen. Er wusste es sich nicht zu erklären. Er saß auf dem rechten Vordersitz, auf der Fahrerseite, schaute nach vorn und beobachtete die Polizisten. Zugleich jedoch entstand hinter seiner Stirn ein anderes Bild.

Don erlebte in den folgenden Sekunden ein inneres Durcheinander. Er schüttelte den Kopf, wollte dieses zweite Bild, das sich ihm aufdrängte, vertreiben, was er jedoch nicht schaffte.

Er sah einen grauen Toyota, der nicht mal schnell fuhr; der Fahrer hielt sich genau an die Verkehrsregeln. Das Gesicht des Mannes war für Don Harris nur schemenhaft zu erkennen; hinter der Windschutzscheibe wirkte es wie Teig. Dann hielt der Toyota vor einer Ampelanlage. Dass der Fahrer nervös war, erkannte Don an dessen Fingern, die ungeduldig auf den Rand des Lenkrads trommelten.

Das war er – der Killer!

Don nickte sich selbst zu. Zugleich fand er in die Wirklichkeit zurück, ohne jedoch dieses »Geister-Bild« verloren zu haben; irgendwie existierte es immer noch, war in seinem Kopf. Die Kriminalbeamten hatten sich aufgeteilt. Einige waren im Hotel verschwunden, um dort Zeugen zu befragen oder Spuren zu sichern. Der Killer war in diesem Hotel abgestiegen, also würde man in seinem Zimmer auch entsprechende Spuren finden. Ob die den Kriminalisten aber weiterhelfen würden, stand auf einem anderen Blatt.

Don jedoch hatte eine »Spur« gefunden, die ihm überaus viel versprechend erschien. Eine bessere gab es einfach nicht. Es kam ihm vor, als wären er und der Killer durch ein Band miteinander verbunden, das auf geistiger Ebene bestand.

Don stieg aus. Terry Sheridan verließ soeben das Hotel, wo er mit den Pagen gesprochen hatte. Glücklich sah der Chief nicht aus.

Harris winkte ihm zu. Sheridan zögerte zunächst, dann aber kam er auf Don zu.

»Nichts«, sagte er. »Wir wissen so gut wie nichts. Die Beschreibung der Hotelangestellten ist einfach zu vage. Wir waren auch in seinem Zimmer. Dort suchen die Kollegen noch nach Spuren. Kann ja sein, dass wir auf diese Weise noch etwas über ihn herausfinden.«

Dass die Angestellten des Hotels keine genaue Beschreibung des Täters geben konnten, erschien Don merkwürdig. Seltsam, auch er konnte in seinen Visionen das Gesicht des Killers nicht erkennen, obwohl er ansonsten jedes Detail klar und deutlich sah. Dieser Killer war irgendwie … gesichtslos. Ein weiteres Rätsel, das sich Don nicht erklären konnte.

»Wie sieht es mit Straßensperren aus?«, fragte er.

Terry winkte ab. »Was soll das bringen? Den Megane hat er hiergelassen. Wir wissen nicht mal, ob er jetzt mit einem anderen Wagen oder zu Fuß unterwegs ist.«

»Doch«, flüsterte Don, »doch …«

Der Chief schaute seinen Freund verwundert an. Dessen Gesichtsausdruck wirkte so fremd, als wäre Don mit seinen Gedanken ganz woanders.

»He, was ist los mit dir?«, fragte Sheridan. »Hörst du mir überhaupt zu?«

»Ja … ähm … Straßensperren.«

»Bitte?«

Don zwinkerte, als wäre er eben aus einem Traum erwacht, dann hob er den Blick und schaute seinem Freund direkt ins Gesicht. »Hör zu, du musst Straßensperren aufstellen lassen, und ich kann dir auch sagen, wo!«

»Du bist verrückt. Wir wissen ja nicht mal, mit was für einem Wagen er geflohen ist oder ob er die Subway benutzt.«

»Falsch, Terry. *Ich* weiß es.«

Sheridan sagte zunächst nichts. Er wusste ja schon seit ihrer gemeinsamen Internatszeit von der »Begabung« seines Freundes. Schließlich hob er die rechte Hand, packte Don und umklammerte dessen Arm, und er forderte mit flüsternder und dennoch eindringlicher Stimme: »Sag mir, was los ist!«

Don schaute Terry direkt ins Gesicht. Und dennoch sah er es nicht, sondern schien durch den Freund hindurchzublicken. Er sah ganz andere Dinge, die sich nicht vor seinen wirklichen Augen abspielten.

»Du musst Straßensperren aufstellen. Anders geht es nicht. Nur so können wir ihn kriegen.«

Sheridan schüttelte den Kopf. »Verdammt noch mal, Don, du weißt selbst, wie groß London ist.«

»Ja, das stimmt.«

»Das mit den Straßensperren ist ein Problem, denn ich …«

»Warte, Terry. Ich kann dir genau sagen, wo ihr sie errichten müsst.«

Sheridan schluckte. Sein Gesicht rötete sich leicht. Er leckte sich über die trockenen Lippen und räusperte sich.

Bevor er eine Frage stellen konnte, gab ihm Don die Straßen bekannt, die er sperren sollte.

»Verdammt, woher weißt du das?«

»Tu es!«

»Auf einen Verdacht hin?«

»Es ist mehr als ein Verdacht. Mehr als eine bloße Ahnung. Das weißt du, Terry.«

»Und du?«

»Ich verfolge ihn. Belass du es bei den Sperren, Terry – bitte!«

Sheridan wischte sich übers Gesicht. »Wenn nicht du es wärst, würde ich annehmen, es mit einem Verrückten zu tun zu haben. Aber dazu kennen wir uns schon zu lange.«

»Eben. Und noch etwas: Ich will keine Schießerei. Ich will den Kerl lebend!«

Der Chief holte tief Luft. »Du stellst unsere Freundschaft auf eine verdammt harte Probe. Wenn das schiefgeht und ich meinen Job verliere, dann besorgst du mir einen neuen bei deiner Firma.«

»Du wirst ihn nicht verlieren, Terry. Glaub es mir.«

Terry Sheridan sagte nichts darauf.

»Bis später dann«, verabschiedete sich Don Harris.

»Ja, hoffentlich«, brummte Sheridan.

Der Chief bleib noch für eine Weile stehen. Er dachte über seinen Freund nach, dessen Begabung ihm immer unheimlicher wurde. Er spürte eine Kälte in sich, wie er sie bisher nur selten verspürt hatte, und hatte den Eindruck, eine eisige Pranke würde sein Herz umklammern.

Schließlich gab er sich einen Ruck und sorgte dafür, dass Dons Wunsch in die Tat umgesetzt wurde. Begreifen jedoch konnte er das alles nicht …

James Fox lächelte. Er fühlte sich ganz und gar entspannt. Sein Weg führte ihn wieder nach Osten, hinein in den Moloch London, der ihn schlucken sollte. Dort würde er zunächst untertauchen.

Er nahm sich auch vor, eine gewisse Zeit verstreichen zu lassen, ehe er mit seinen Hintermännern Kontakt aufnehmen würde. Erst musste ein wenig Gras über die Sache gewachsen sein. Aber ein Problem blieb bestehen: Das hieß Don Harris!

Man hatte ihm Informationen über diesen Mann zukommen lassen, und trotzdem hatte er – das musste er sich leider eingestehen – diesen Mann unterschätzt. Harris war jemand, der nicht lockerließ.

James Fox wusste genau, dass einer von ihnen zu viel auf der Welt war, und es würde zu einem Kampf zwischen ihnen kommen, zu einer direkten Konfrontation, das stand fest.

Aber er würde sich zuerst Rückendeckung holen, um danach die anderen Dinge in Gang zu bringen.

Er hielt sich an die Regeln des Straßenverkehrs und fuhr vor allem nicht zu schnell. Nur nicht auffallen. Er kannte die Bullen und deren Methoden. Sie hatten längst die Fahndung nach ihm herausgegeben.

Bei diesem Gedanken konnte er das Lachen nicht unterdrücken. Niemand hatte gesehen, wie er den Toyota geknackt hatte. Also wusste keiner, mit welch einem Wagen er unterwegs war. So lange jedenfalls nicht, bis der Besitzer bemerkte, dass sein Wagen nicht mehr auf dem Parkplatz stand. Da die Bullen den Parkplatz als Tatort sicherlich abgesperrt hatten, konnte das eine Weile dauern.

Trotzdem gab es da etwas, das ihn störte. Er konnte nicht genau sagen, was es war, doch es sorgte dafür, dass sich sein Optimismus in Grenzen hielt.

Plötzlich vernahm er das hässliche Jaulen der Sirenen. Sie klangen sehr laut, demnach waren die Streifenwagen nicht weit von ihm entfernt.

Fox musste sich auf den Verkehr konzentrieren. So sah er nicht, wo die Wagen herfuhren. Erst als er in einen Verkehrsstau geriet, gelang ihm ein längerer Blick in die Umgebung.

Zwei Streifenwagen sperrten die Straße weiter vor ihm ab. Andere fuhren von verschiedenen Seiten heran. Einer überholte ihn rechts, wobei er teilweise auf dem Gehsteig fuhr.

Fox' Hände umklammerten das Lenkrad härter. Auch sein Gesicht wurde durch eine gewisse Härte gezeichnet. Er verfügte über einen gewissen Instinkt, und der sagte ihm, dass die Streifenwagen seinetwegen unterwegs waren.

James Fox wurde mehr als unruhig. Er war ein

Mensch, der stets agierte. Nun fühlte er sich in die Defensive gedrängt. Das löste bei ihm einen überstarken Fluchtinstinkt aus, den er nur mühsam unterdrücken konnte.

Wohin? Er ließ seine Blicke schweifen. Er war im Stau eingekeilt. Wenden konnte er nicht, ohne dass es auffiel oder mit einem Blechschaden und irgendwelchen Beulen abging.

Als ihm dies klar wurde, fühlte er sich wie ein Gefangener. Der Toyota war zu einer Zelle geworden, die er, ohne Aufsehen zu erregen, nicht verlassen konnte.

Er murmelte hasserfüllt einen Namen: Don Harris. Und er sprach ihn aus wie einen Fluch. Für einen Moment war sein Gesicht zur Grimasse geworden, doch schnell hatte er sich wieder in der Gewalt. Es brachte ihn nicht weiter, wenn er jetzt die Nerven verlor. Er musste eiskalt sein und genau das Richtige tun. Wo er sich genau befand, wusste er nicht. Irgendwo in Kensington und nicht weit vom Holland Park entfernt.

Das Heulen der Sirenen hörte nicht auf. Mal war es leiser, dann wieder lauter, und da er es aus allen Richtungen vernahm, kam er sich eingekreist vor.

Noch immer hatte er keinen Beweis dafür, dass dieser Einsatz ihm galt, aber er stellte sich innerlich darauf ein. Kampflos würde er nicht aufgeben. Die andere Seite würde schon sehen, mit wem sie es zu tun hatte.

Endlich löste sich der Stau auf. Er sah, dass sich weiter vorn die Wagen in Bewegung setzten, und auch Fox konnte bald anfahren. Eine Erleichterung wollte sich bei ihm jedoch nicht einstellen. Wenn er nach links schaute, sah er die ersten Streifenwagen. Sie standen auf einem Grünstreifen. Nebenstraßen waren abgesperrt worden, sodass ihm diese Fluchtrichtung verwehrt war. Auch weiter vorn standen sie. Auf den Dächern flackerte das Licht und stieß farbige Signale in die Umgebung.

Im Schritttempo rollte er vor. Die langsame Fahrt gefiel ihm nicht. Aber Gas geben konnte er auch nicht. Alles um ihn herum war einfach zu dicht.

War jeder Fluchtweg versperrt?

Nein – er sah plötzlich eine Lücke auf der rechten Seite. Dort führte eine Straße nach Süden in Richtung Hammersmith. Das war der einzige Ausweg. Weiterhin nach vorn zu fahren kam nicht in Frage. Er musste abtauchen.

Es dauerte Fox viel zu lange, bis er die Einmündung endlich erreichte. Sein Herz schlug schneller, auf seiner Stirn hatte sich Schweiß gebildet. Er nahm sich vor, auf die Hammersmith Bridge zu fahren, um die andere Seite der Themse zu erreichen.

Noch war er davon weit entfernt, doch er freute sich kurz, dass ihn beim Abbiegen niemand aufhielt. Fox entspannte sich ein wenig. Er konnte sogar wieder lächeln. So leicht würde er es seinen Häschern nicht machen, vorausgesetzt, sie jagten tatsächlich ihn.

Das Heulen der Sirenen blieb zurück. Vor ihm lief der normale Verkehr, in den er sich brav auf der linken Seite eingereiht hatte. Für die Umgebung hatte er keinen Blick. Er hoffte, in der Masse der Autos nicht aufzufallen.

Und dann erlebte er seine zweite Niederlage an diesem Tag. Er sah, dass die Schlange der Wagen ins Stocken geriet. Weiter vorn gab es wieder einen Stau.

Durch wen oder was er verursacht wurde, konnte der Killer nicht ausmachen. Er tastete unwillkürlich nach seiner Waffe, die nicht mehr in der Reisetasche lag, sondern in seinem Hosenbund steckte.

War der Stau normal oder …?

Er sah wieder Blaulicht vor sich. Aber er hörte keine Sirene. Trotzdem war ihm klar, was da vor ihm ablief. Für einen Moment verzog sich sein Gesicht. Abermals war er nicht in der Lage, den Toyota zu wenden; es wäre zu sehr aufgefallen. Erneut stieg kalte Wut in ihm hoch.

Es hatte sich einiges verändert. Die Glücksboten des Schicksals waren nicht mehr auf seiner Seite. Aber sie kehrten zurück, denn an der linken Seite der Straße entdeckte er eine Einmündung, an die er langsam heranfuhr. Er würde sie erreichen, bevor er abermals im Stau eingekeilt wurde.

Auf dem Ende des Metallpfostens war ein Schild angebracht. Der Untergrund schimmerte weiß, sodass die dunklen Buchstaben deutlich zu lesen waren.

»St. Alban's Abbey« stand dort. Daneben befand sich das Piktogramm einer Ruine.

Der Entschluss stand bei James Fox innerhalb von Sekunden fest. Wenn es für ihn noch einen Ausweg gab, dann war es die alte Ruine. Dort konnte er den Wagen verstecken und zu Fuß flüchten. Besser würde es für ihn nicht mehr kommen.

Er riss das Lenkrad nach links. Weg von der normalen Straße, bevor er im Stau festsaß.

Der Asphalt verschwand unter den Reifen. Er fuhr über einen mit Erde und Staub bedeckten Weg und hörte, dass ab und zu ein paar kleine Steine gegen den Unterboden prallten.

Das machte ihm nichts. Die Karre gehörte ja nicht ihm, und er würde sie auch sehr bald los sein und sie verschwinden lassen. Er fuhr sogar schneller als auf der Straße. Rechts und links standen Laubbäume, die mit ihrem frischen Grün grüßten. Er musste in eine Linkskurve fahren und sah dann vor sich das alte Kloster.

Er hatte mit einer Ruine gerechnet, auch mit einem recht großen Bau. Beides traf nicht so recht zu. Er schaute gegen die grauen Mauern eines Klostergebäudes und sah auch einen zweiten Bau daneben mit einem kleinen Turm. Es war eine Kirche oder Kapelle, die zum Kloster gehört hatte. Beim Näherfahren allerdings stellte er fest, dass der kleine Bau doch eher eine Ruine war. Der Turm stand zwar noch, aber das Dach war an der linken Seite eingestürzt, sodass der Wind in den Bau hineinpfeifen konnte.

Der Killer suchte einen Platz für den Toyota, wo er nicht sofort entdeckt werden würde. Er fuhr langsam durch die Lücke zwischen Kapelle und Haupthaus, bei dem das Glas der Fenster fehlte, wie Fox erst jetzt feststellte. Hinter dem Haus breitete sich eine Wiese aus, an deren Ende Nadelbäume eine Grenze bildeten.

Es war still, als er die Tür öffnete, um auszusteigen. Er hatte den Wagen dicht neben dem Gebäude an der Rückseite abgestellt und überlegte, ob er seine Reisetasche mitnehmen sollte.

Fox entschied sich dafür, holte sie vom Beifahrersitz und hämmerte die Fahrertür zu.

Dann drehte er sich um – und erstarrte!

Er konnte es sich nicht erklären, aber Don Harris wusste genau, in welche Richtung sich der Killer bewegte. Das Band zwischen ihnen war nicht gerissen und existierte nach wie vor, wobei sich Don ständig die Frage stellte, warum und wie es überhaupt entstanden war.

Er konnte sich auf diese Frage keine Antwort geben. Er musste es zunächst mal hinnehmen und folgte dem Weg, der ihm von einer unbekannten Macht beschrieben wurde.

Dabei hielt er ständig mit seinem Freund Terry Sheridan Kontakt. Über das Handy in der Freisprechanlage dirigierte er den »Chief« und dessen Kollegen. So konnte der Kreis um den Flüchtigen immer enger gezogen werden, und Don war sich sicher, dass James Fox nicht entkommen würde.

Ob es tatsächlich der richtige Name war, unter dem der Killer den Leihwagen gemietet und im Hotel eingecheckt hatte, darauf hätte Don keine Wetten abgeschlossen. Er glaubte es einfach nicht, auch wenn Terry Sheridan anderer Meinung war und seine schottischen Kollegen inzwischen die Adresse eines gewissen James Fox in Edinburgh überprüften. Typen wie dieser Killer wussten immer genau, was sie taten, und gingen nur wenige Risiken ein. Wahrscheinlich gab es in Edinburgh unter der angegebenen Adresse tatsächlich einen James Fox, der ziemlich erstaunt sein würde, dass plötzlich die Polizei vor seinem Haus auftauchte.

Es konnte auch anders sein. Vielleicht hatte sich der Killer wirklich zu sicher gefühlt und war einfach zu sehr von sich überzeugt gewesen. Außerdem hatte Sheridan Recht: Wie hätte Fox auf die Idee kommen sollen, dass ihm ein Don Harris auf Grund seiner außergewöhnlichen Gabe auf die Schliche kam?

Egal, wie die Dinge auch lagen, für ihn war wichtig, Fox zu stellen, um von ihm mehr über die Hintergründe zu erfahren, die zum Mord an Nancy Goldman geführt hatten.

Don gab in unregelmäßigen Abständen seine Meldungen an seinen Freund Terry Sheridan weiter, denn noch immer verriet ihm das unsichtbare Band, wohin sich der Killer wandte. Immer enger zog sich der Kreis um James Fox, und es würde für ihn kein Entkommen mehr geben.

James Fox musste längst etwas bemerkt haben, davon ging Harris aus. Aber ob er diese Fahndung auch auf sich bezog, das war die Frage. Möglicherweise war er so arrogant, dass er davon ausging, dass ihm nichts passieren konnte.

Auf einmal zerriss das unsichtbare Band. Der Kontakt zu dem Killer war von einem Augenblick zum anderen nicht mehr da!

Don wunderte sich zwar, aber er wusste genau, wo sich James Fox zuletzt befunden hatte. Er war fast in einen Stau geraten. Im letzten Moment hatte er abbiegen können und hatte den Weg genommen, der zu einem alten Kloster führte.

Don sprach wieder in sein Handy. Er gab seine und die letzte Position des Killers durch. Beide waren nicht mal weit voneinander entfernt.

»Ich ziehe das jetzt allein durch, Terry!«

»Was willst du?«

Don wiederholte es.

»Aber warum, verdammt? Warum willst du das …«

»Ich muss es tun, Terry, versteh das bitte. Ich gehe davon aus, dass dieser Mörder mehr mit mir zu tun hat als mit euch. Das habe ich einfach im Gefühl. Ich sehe mich als Teil eines großen Plans. Aber keine Sorge, ich habe nicht vor, in diesem Plan die Rolle des Opfers zu spielen.«

Der Chief stöhnte auf. Er hätte anders handeln müssen, aber er und Don kannten sich einfach schon zu lange und wussten auch, was sie voneinander zu halten hatten.

»Okay, ich vertraue dir!«

»Danke.«

»Aber zeitlich nicht unbegrenzt. Reicht dir eine halbe Stunde?«

»Ich hoffe.«

Don hörte ein freudloses Lachen. Dann wurde Terrys Stimme sehr ernst. »Sollte dir der Hundesohn entwischen, reißt man mir den Arsch auf, das weißt du.«

»Klar, aber ich werde dafür sorgen, dass du deinen Arsch behalten kannst, Terry.«

»Danke, du bist sehr großzügig.«

Don schaltete sein Handy aus, nahm es aus der Freisprechanlage und ließ es in der Innentasche seiner Lederjacke verschwinden. Er horchte in sich hinein, verließ sich auf sein Gefühl, und das bestätigte ihm, dass er genau das Richtige tat.

Seine Vision war weg. Er befand sich wieder voll und ganz in der Normalität. Doch er wusste genau, wo der Killer hingefahren war. Den Weg schlug er ebenfalls ein.

Er sah das Schild mit der Aufschrift. Ein Lächeln huschte über seine Lippen. Don wusste, dass es von nun an nicht mehr weit war. Fox musste die Ruine längst erreicht haben, und sie war auch vorläufig sein Ziel.

Er sah die Kurve vor sich und erhaschte einen ersten Blick auf die Ruine. Gleichzeitig trat er die Bremse. Er wollte nicht weiterfahren, um von Fox nicht vorzeitig entdeckt zu werden.

Don verließ seinen Spitfire. Er nahm nicht den offiziellen Weg, sondern schlug sich in die Büsche. Baumstämme gaben ihm Deckung, sodass er nicht zu leicht gesehen werden konnte.

Leider sah er auch nichts von seinem Feind. Dafür hatte er sehr schnell die Kapelle erreicht. Das Dach war teilweise nicht mehr vorhanden, der Eingang lag in einer Nische versteckt, die als Rundbogen gebaut war und sich nach hinten hin verengte. Genau in diese Deckung huschte der Psycho-Cop.

Stille empfing ihn, und in dieser Stille hörte er das Schlagen einer Autotür. Fox hatte seinen Wagen verlassen.

Die Glock ließ Don zunächst stecken. Nur wenige Schritte musste er gehen, um freie Sicht zu haben.

James Fox stand neben dem Auto. In der linken Hand hielt er eine Reisetasche, drehte sich jetzt vom Wagen weg – und starrte genau auf Don Harris …

Es gibt Momente, da kommt es einem Menschen vor, als wäre die Zeit eingefroren. Das erging zumindest dem Killer so, der Don zum ersten Mal von Angesicht zu Angesicht gegenüberstand.

Beide sagten zunächst nichts. Sie musterten sich, schätzten sich gegenseitig ab. Für Don war der Killer nun kein Phantom mehr, sondern ein Mensch aus Fleisch und Blut.

Das Schweigen lag wie eine Eiswand zwischen ihnen. Fox war überrascht. Die Strähnen seines schwarzen Haares hatte er nach hinten gekämmt. Glatt lagen sie auf seinem Kopf.

Schließlich war er es, der das Schweigen brach. »Harris!«, sagte er mit einer eisigen Stimme, und er flüsterte den Namen mehr. »Don Harris.«

»Genau der!«

Fox lachte. »Es hat ja lange genug gedauert.«

»Stimmt!« Don trat nach vorne und kam sich vor wie ein Westernheld, der zum entscheidenden Revolverduell angetreten war. Noch waren die Waffen versteckt. Auch Fox tat nichts, um das zu ändern.

Er ließ Harris kommen. Seine Reisetasche hielt er weiterhin fest, als befände sich ein Schatz darin.

In einer guten Schussentfernung blieb Don stehen. Er konnte jetzt in die Augen des Killers schauen, deren Blicke ihm absolut gefühllos erschienen. Er dachte daran, dass auch Nancy Goldman diese Augen gesehen hatte, kurz bevor sie den Tod gefunden hatte.

»Warum, Fox? Warum musste Nancy Goldman sterben?«

»Es hat sich so ergeben.«

»Dann war es ein … ein Zufall?«

»Bestimmt nicht.«

»Sie wollten mich, stimmt's? Deshalb haben Sie meine Telefonnummer an die Wand geschmiert. Sie sind hinter mir her, Fox!«

»Genau!«

»Dann darf ich fragen, wem ich im Weg stehe. Ich glaube nämlich nicht, dass Sie von sich aus handeln. Da muss es wohl einige Leute geben, die mich lieber tot als lebendig sehen.«

»So könnte man es ausdrücken, Harris.«

»Und warum?«

James Fox zog die Lippen in die Breite. »Das kann ich Ihnen sagen: Wir sind uns zu ähnlich, Harris. Ja, zu ähnlich. Und das passt einigen Leuten nicht.«

»Zu ähnlich?«, wiederholte Don.

»Genau.«

Harris dachte über diese Antwort nach. Wie kam der Mörder dazu, dies zu behaupten? Es gab keine Ähnlichkeit zwischen ihnen. Es sei denn, es gab da ein weiteres Geheimnis, von dem Don noch nichts wusste.

»Kann ich Einzelheiten erfahren?«

»Nein.«

Don nickte nur. Er konzentrierte sich auf den Mann vor ihm. Er wollte seine Kräfte einsetzen und versuchen, über dieses geistige Potenzial an den Killer heranzukommen.

Er schaffte es nicht. Irgendetwas blockierte ihn, und das schien Fox zu wissen, denn er grinste Don überheblich an.

Harris ließ sich nicht aus dem Konzept bringen. Er blieb nach außen hin gelassen und nickte dem Mann erneut zu. »Kommen wir trotzdem noch mal auf Nancy Goldman zu sprechen. Was hat sie Ihnen oder Ihren Auftraggebern getan? Das hätte ich gern gewusst. Oder ging es Ihnen tatsächlich nur einzig und allein um meine Person? Musste Nancy sterben, weil sie mich kannte? Antworten Sie mir: Weshalb haben Sie Nancy ermordet?«

Mit der freien Hand winkte der Killer lässig ab. »Sie brauchen nicht alles zu wissen, Harris. Ich kann Ihnen nur sagen, dass es um große Dinge geht.«

»Und hat der Tod meines Vaters auch etwas damit zu tun?«

Wieder verzog der Killer das Gesicht zu einem breiten Grinsen. »Das müssen Sie schon selbst herausfinden. Wenn Sie noch lange genug dafür leben. Manchmal liegen die Dinge völlig anders, als man es sich vorstellt. Wir jedenfalls wollen uns nicht stören lassen.«

»Aber ich habe nicht ...«

Alles ging blitzschnell.

Fox ließ seine Reisetasche nicht fallen, auch wenn es im ersten Augenblick so aussah. Er schleuderte sie stattdessen auf Don Harris zu, der natürlich zusammenzuckte und zugleich ausweichen musste.

Der Wurf war nur ein Ablenkungsmanöver, denn die rechte Hand des Killers verschwand kurz unter der Jacke und riss die Waffe mit dem Schalldämpfer hervor.

Dons Ausbildung war hart gewesen. Manchmal fast zu hart, bis an die Grenze des Erträglichen. Aber Silver, sein Ausbilder, hatte stets davon gesprochen, dass ihm die Zähigkeit und Härte, die er ihm beibrachte, einst das Leben retten würden.

Genau das war jetzt der Fall.

Die Reisetasche flog auf ihn zu. Zugleich riss Fox seine Waffe hervor.

Don aber rammte seine linke Hand gegen die nicht schwere Reisetasche. Er schlug mit einer so großen Wucht zu, dass die Tasche den Rückweg antrat und auf den Killer zuflog. So wurde Fox von seinem Ziel abgelenkt.

Auch Don riss seine Waffe hervor, drehte sich von seinem Standort weg und hörte das Ploppen des schallgedämpften Schusses.

Er feuerte zurück.

Fox war kein Neuling in dem Geschäft. Er war zur Seite gesprungen und der Kugel ausgewichen. Dann rannte er weg.

Don glaubte nicht daran, dass der Killer die Flucht ergriff. Nein, er wollte die Abrechnung, wollte die Entscheidung – hier und jetzt!

Fox lief im Zickzack und gab damit ein schlechtes Ziel ab. Er hastete auf die Kapelle zu, und er feuerte auch zwei Mal über seine Schulter zurück nach hinten, ohne jedoch zu treffen.

Harris kniete breitbeinig am Boden. So bot er ein möglichst kleines Ziel. Er jagte eine Kugel hinter dem Flüchtenden her. Wenn eben möglich, wollte er den Killer nicht töten, denn es gab noch zu viele Fragen, die unbeantwortet waren. Deshalb zielte er auf Fox' Beine.

Er schoss, als Fox den Eingang der Kapelle erreichte. Der Killer stieß sich ab und tauchte in die Nische. Die Kugel verfehlte ihn, schlug gegen den Außenrand des Eingangs, wo ein wenig Putz aufstäubte, dann war der Killer verschwunden.

Harris hörte noch den Aufprall, als der Killer gegen die

Tür schlug. Alles war plötzlich anders geworden. Beide würden um ihr Leben kämpfen, und die Chancen, James Fox lebend zu bekommen, standen nicht mehr besonders gut.

Don beging nicht den Fehler, auf seinem Platz zu bleiben. Mit langen Schritten und ebenfalls Haken schlagend rannte er auf die Kapelle zu. Dabei hütete er sich davor, den gleichen Weg zu nehmen wie Fox. Der würde ihn dort erwarten und auf ihn lauern.

Don wollte die Seite erreichen, wo sich noch die etwas längeren Fenster befanden, deren Glas nur noch teilweise vorhanden war.

Noch während des Laufens wunderte er sich darüber, wie schnell der Killer war und handelte. In der Nische hatte er nicht bleiben können, da war der Schusswinkel zu schlecht. So war er in die Kapelle gelaufen, und Don hörte das Platzen einer Scheibe.

Die Warnung erfolgte genau im richtigen Moment. Die Glassplitter hatten den Boden noch nicht erreicht, als die Gestalt innerhalb des Fensters auftauchte wie ein böser Dämon.

Der Killer brüllte Don Harris seinen Hass entgegen und fing an zu schießen. Don lag bereits am Boden. Den Fall verwandelte er in eine Rolle, warf sich zur Seite, hörte zweimal die Geschosse in seiner Nähe in den Boden schlagen und feuerte zurück.

Die Glock rotzte drei Kugeln aus, die gegen das zertrümmerte Fenster gezielt waren. Der Killer wurde nicht getroffen, aber die Geschosse zwangen ihn zurück.

Damit hatte Don gerechnet. Sich davon zu überzeugen, dafür blieb ihm nicht die Zeit. Geduckt und zugleich im Sprint jagte er auf den Eingang der Kapelle zu.

Auf dieser kurzen Strecke schlug sein Herz ungewöhnlich schnell, und auch die Haut in seinem Nacken hatte sich zusammengezogen. Aber er schaffte es und warf sich in die Nische.

Dabei schrammte er mit dem Rücken an den vorstehenden Steinfalten der Wand entlang und blieb knapp vor der Tür liegen. Sie war nicht geschlossen, doch Don hütete sich davor, sie ganz aufzudrücken und in die Kapelle zu stürmen.

Auf dem Bauch blieb er liegen und sorgte zunächst dafür, dass sich sein Atem beruhigte. Als dies der Fall war, dachte er einen Schritt weiter.

Es stand fest, dass er in die Kapelle hineinmusste. Aber er rechnete zugleich mit der Schlauheit und der Gerissenheit des Killers. Wahrscheinlich hatte Fox von seinem Fenster aus gesehen, welchen Weg er nehmen wollte.

Er würde im Hintergrund lauern und den Eingang im Auge behalten. Dass er die Tür geräuschlos öffnen konnte, daran glaubte Don Harris nicht.

Er musste sich etwas anderes einfallen lassen, um den Killer zu stellen. Und es musste schnell gehen, denn wenn Fox fliehen wollte, standen ihm mehrere Möglichkeiten offen. Er brauchte nur aus dem Fenster zu klettern, und weg war er.

Don stand geduckt und schaute auf die halb offen stehende Tür. Dann entdeckte er zwischen zwei Wandfalten einen Stein, der dort am Boden lag. Die Idee, die ihm kam, setzte er augenblicklich in die Tat um. Er hob den Stein mit der glatten Oberfläche an, konzentrierte sich auf den breiten Türspalt und schleuderte den Gegenstand in die Kapelle.

Er hörte den Aufprall und wartete dicht an die Wand gepresst auf den Schuss.

Der blieb aus.

War dem Killer die Flucht gelungen, oder wartete er nur eiskalt ab? Don tendierte zur zweiten Möglichkeit, denn James Fox hatte offenbar den Auftrag, ihn zu töten.

Zehn Minuten gab er sich. Nichts passierte in dieser Zeit. Der Killer meldete sich nicht, und auch Don Harris gab keinen Laut von sich.

Ewig wollte er nicht warten. Er hatte zu seiner inneren Ruhe und Abgebrühtheit zurückgefunden. Jetzt war er wieder die knallharte Kampfmaschine und dachte an das, was man ihm in der harten Ausbildung beigebracht hatte.

Wäre es in der Kapelle hell gewesen, hätte das seine Chancen verringert. Aber es war dämmrig, und er ging auch nicht davon aus, dass James Fox direkt hinter der Tür lauerte.

Don rannte los. Er rammte die Tür nach innen, hatte für einen Moment freies Blickfeld und tauchte sofort wieder ab. Er hoffte darauf, gegen einen glatten Boden zu fallen und nicht auf Steine zu prallen.

Das Glück stand ihm diesmal zur Seite. Er rutschte auf dem feuchten Staub weiter, der auf dem Boden eine schmierige Schicht bildete, und sah vor sich eine kleine, aber stabile Holzbank, hinter der er Deckung fand.

Das war geschafft!

Don Harris rührte sich zunächst nicht. Er wollte sich auf seine neue Umgebung einstellen und musste auch herausfinden, ob sich der Killer noch in der Kapelle befand.

Während der Fahrt war er auf eine unerklärliche Weise mit Fox verbunden gewesen. Das war momentan nicht der Fall. Er hörte ihn nicht. Er lag in einer ungewöhnlichen Stille.

Keine Atemgeräusche, kein Knirschen irgendwelcher kleinen Steine. Keine Bank, die verrückt wurde, keine schmatzenden Trittgeräusche auf dem schmierigen Steinboden.

Don wollte nicht mehr länger hinter der Bank bleiben und drückte sich behutsam aus seiner Deckung hoch, um zunächst einen Blick über die Bank hinweg zu werfen.

Er schaute in die Kapelle, die deutlich größer war als die auf dem Grundstück seines Vaters. An der linken Seite war das Dach eingebrochen, und die Ziegel waren auch in das Innere gefallen und durch die Aufprallwucht zersprungen.

Es gab keine Heiligenbilder mehr an den Wänden, und es waren auch nur wenige Bänke vorhanden, die allerdings kreuz und quer standen und zum Teil sogar umgekippt waren. Durch das zerstörte Dach drang das Tageslicht, ohne die Kapelle allerdings richtig zu erhellen. So blieb ein Zwielicht, das einem Menschen, der sich verstecken wollte, sehr gute Chancen bot.

Auch einem Killer!

Don sah ihn nicht, aber ihm fiel vorn der schlichte Altar auf.

Erste Zweifel überkamen Don, ob sich der Killer tatsächlich noch in der Kapelle befand. Er dachte auch an die halbe Stunde, die Terry ihm zugestanden hatte, und wollte es zu einem Ende bringen. Er erhob sich weiter, stand auf und gab sich bewusst als Zielscheibe preis. Und er war beinahe enttäuscht, dass nichts passierte.

Es wurde nicht auf ihn geschossen, und es herrschte wieder eine unnatürliche Stille.

Er setzte einen Schritt vor den anderen und bewegte sich dabei auf die Mitte der Kapelle zu. Vor ihm tat sich nichts. Unter den Sohlen knirschte der Dreck. Er wandte seinen Blick nach links, wo die schmale Kanzel wie ein großes Vogelnest an einer Säule klebte. Zur Kanzel führte eine gewundene Treppe empor. Die herabgefallenen Steine hatten die Kanzel und auch die Treppe nicht beschädigt.

Wenn sich jemand hinter der Kanzelwand zusammenduckte, dann hatte er das perfekte Versteck gefunden. Von dort hatte man auch einen hervorragenden Überblick. Und vor allem eine gute Schussposition.

Ein Kribbeln rann über Dons Rücken. Er ahnte, dass eine Entscheidung unmittelbar bevorstand. Da musste einfach etwas geschehen.

Der Gedanke funkte noch durch seinen Kopf, als es passierte. Und er hatte richtig getippt. Aus der Deckung der Kanzelwand drehte sich die Gestalt des Killers in die Höhe.

Hätte sich James Fox vorher orientieren können, hätte er sofort schießen können. So aber musste er schnell den Blick schweifen lassen, um sein Ziel auszumachen, bevor er die Waffe über den Kanzelrand ein wenig nach rechts schwenkte.

Don sah die Bewegung. Er schoss den berühmten Sekundenbruchteil früher. Der Knall des Schusses hallte in der Kapelle überlaut wider. Ob der Killer ebenfalls schoss, wusste Don nicht, denn der Laut der schallgedämpften Waffe wäre in dem Schussecho untergegangen.

Don hörte einen kurzen Schrei. Das verriet ihm, dass er getroffen hatte. Wo seine Kugel den Mörder erwischt hatte, wusste er nicht. Jedenfalls war der Treffer nicht tödlich, sonst hätte sich der Mann anders verhalten.

Er stand noch auf der Kanzel. Er hielt seine schallgedämpfte Waffe fest. Die Hand ragte über die Kante hinweg, doch es sah so aus, als könnten die Finger die Pistole nicht mehr halten.

Tatsächlich begann sie zu rutschen. Auch ein Nachgreifen brachte nichts. Die Waffe fiel, klapperte zu Boden und blieb sogar in Dons Reichweite liegen. Er kümmerte sich nicht darum, denn der Killer war wichtiger.

Er stand noch auf der Kanzel und hielt sich mit einer Hand krampfhaft fest, was darauf hindeutete, dass mit ihm nicht alles in Ordnung war. Er hatte Probleme und stieß sogar einen Fluch aus. Dann schüttelte er den Kopf, stieß sich mit einer steifen Bewegung von der Kanzelbrüstung ab und wandte sich der Treppe zu, die er nach unten stolperte.

Mit dem Fuß stieß Don Harris die Waffe des Killers auf einen Schutthaufen zu. Er hörte das Echo der Tritte auf den Stufen. James Fox kam, und Don Harris erwartete ihn.

Der Killer hielt sich nicht am Geländer der Treppe fest. Er ging mit steifen Bewegungen, und sein nach unten gerichteter Blick war auf Harris gerichtet.

Don hörte die schweren Atemzüge, und ihm fiel auf, dass Fox die rechte Schulter und auch den Arm recht steif hielt. Er glaubte sogar, Blut über den Handrücken laufen zu sehen, doch so genau war das in dem Dämmerlicht nicht zu erkennen.

Noch zwei Stufen, dann hatte Fox die Treppe hinter sich gebracht und blieb plötzlich stehen. Sein Mund verzog sich, die Augen blickten nach wie vor hasserfüllt, und er schleuderte Don seine Worte keuchend entgegen:

»Fühlst du dich als Sieger?«

Don war auf einmal ganz cool und lässig, und er antwortete: »Nun, als Verlierer sehe ich mich nicht, und es kann ja auch immer nur einer gewinnen. So ist das Leben. In diesem Fall hast du wohl Pech.«

»Meinst du?«

»Siehst du die Sache etwa anders?«

»Auch ich bin nur ein Rad im großen Getriebe. Du wirst noch erleben, was da alles auf dich zukommt.«

Don nickte und meinte: »Ich habe verstanden, Fox. Aber wäre es jetzt nicht an der Zeit, dass wir das Gequassel sein lassen und du nicht immer nur in Rätseln sprichst? Wenn du so etwas wie ein Gewissen hast, würde ich es an deiner Stelle jetzt erleichtern.«

Fox lachte auf, dann höhnte er: »Was ist ein Gewissen? Das kenne ich nicht. Im Leben geht es nur um Erfolg. Dabei ist so etwas wie ein Gewissen hinderlich.«

»Du solltest trotzdem reden.«

Der Killer stieß einen verächtlichen Laut aus. »Vielleicht mache ich das sogar.«

»Schön. Du kannst es dir aussuchen. Ich glaube, es ist notwendig, dass du von einem Arzt behandelt wirst. Wenn du hier nicht reden willst, dann auf dem Weg zum Krankenhaus.«

»Ach? Daran denkst du?« Fox kicherte wie einer, nach dem der Wahnsinn griff. »Nein, das wird wohl ein Traum von dir bleiben.« Er setzte sich wieder in Bewegung, ging weiter auf Harris zu, schaffte aber den nächsten Schritt nicht mehr, weil er mit dem rechten Bein einknickte. Er wäre gefallen und mit dem Gesicht aufgeschlagen, doch zum Glück stand Don nahe genug und fing ihn ab.

Der Killer blieb wie ein nasser Sack in Dons Armen hängen, hob aber den Kopf und schaute dem Psycho-Cop von unten her ins Gesicht. Don hörte ihn flüstern: »Glaubst du noch immer, dass du gewonnen hast, Harris?«

»Ich teile die Menschheit nicht auf in Gewinner und Verlierer«, entgegnete Harris. »So ein Weltbild ist mir zuwider.«

»Wie du meinst«, sagte Fox. »Ich … ich muss mich setzen.«

»Und dann?«

»Vielleicht werde ich dir was erzählen, aber bring mich vorher zum Altar.«

»Warum?«, fragte Don erstaunt.

»Weil ich mich dort hinsetzen kann!«

»Gut.«

Don Harris musste ihn stützen. Der Killer setzte nur

schwerfällig einen Fuß vor den anderen. Don Harris dachte über den Sinneswandel des Mannes nach, der ihm noch immer nicht geheuer war. So ganz traute er der Sache nicht.

Sie näherten sich dem Altar. Kurz davor drehte sich der Killer mit Dons Unterstützung herum, und dann sank er auf die Altarplatte. Er schaute auf seine Füße wie ein armer Sünder, und Don fragte ihn: »Wolltest du nicht etwas sagen?«

»Ja, schon.«

»Ich höre.«

Fox gab ein kratziges Lachen ab. Dann deutete er auf seine Kehle. »Es fällt mir nicht leicht. Hast du nicht was zu trinken? Einen Schluck Whisky vielleicht. Außerdem ist das gut gegen die Schmerzen in meinem Arm.«

»Erst das Geständnis, dann sehen wir weiter.«

»Sei nicht so hart.«

»Sorry, ich schleppe keinen Flachmann mit mir herum. Erst recht nicht im Dienst.«

»Ja, ja, verstanden. Ist schon gut.«

Der Killer saß an Dons rechter Seite. Er hielt den Kopf weiterhin gesenkt, aber Harris wollte ihm den armen Sünder nicht abnehmen. Etwas in seinem Innern stemmte sich dagegen.

»Ich habe nicht viel Zeit, Fox.«

»Ja, ich weiß. Ich muss auch erst nachdenken, wo ich anfangen soll. Es ist nicht so leicht, weißt du?«

Don begriff, dass ihn der Killer nur hinhielt. »Los, verdammt, rede endlich!«

»Gut, wie du willst.« Fox hob den Kopf und blickte

durch die Kapelle auf die Tür. »Die ganze Sache fing damals an, als es …«

Don schrie auf.

Der knallharte Stoß hatte ihn an den Rippen erwischt. Der Killer hatte ihm den linken Ellbogen dorthin gerammt.

Don flog zur Seite, weil er sich nicht festhalten konnte, und musste auch den nächsten Treffer hinnehmen, der sein Kinn traf, wo ihn Fox' Schuhspitze erwischte.

Die berühmten Sterne blitzten vor seinen Augen auf. Für einen Moment war er außer Gefecht gesetzt. Als er wieder hochkommen und zur Waffe greifen wollte, trat ihm der Killer auf die Brust und stemmte sein gesamtes Gewicht auf den Fuß.

Und das war nicht mal das Schlimmste. Don schalt sich einen Narren, dass er den Kerl nicht nach weiteren Waffen abgeklopft hatte, denn in seiner linken Hand hielt Fox auf einmal ein Messer.

»Jetzt werde ich dir das Herz aus dem Leib schneiden, du verfluchter Hund!«, zischte James Fox …

Obwohl James Fox nur eine Hand normal gebrauchen konnte, war er brandgefährlich. Und er konnte verdammt schnell sein, wie er schon unter Beweis gestellt hatte.

Harris befand sich in einer ungünstigen Position. Er trug die Glock unter der Kleidung. Bevor er sie ziehen und schießen konnte, hätte der Killer zugestochen oder das Messer geworfen.

Letzteres hatte er auch vor. Er wollte die Klinge schleudern und holte bereits aus. Durch den Druck auf seiner

Brust wurde Don der Atem genommen. Er starrte hoch, er sah, wie Fox den Arm zum Wurf hob, und er wusste, dass es nur noch eine Chance für ihn gab.

Don hob das linke Bein, winkelte es an und trat hart zu. Er hatte versucht, die Kniekehle des Killers zu treffen. Ob ihm dies gelungen war, konnte er nicht sagen, aber James Fox verlor das Gleichgewicht.

Er stieß einen Fluch aus, schwankte plötzlich, als würde er auf einem Drahtseil balancieren, und der Druck auf Dons Brust nahm ab. Fox konnte sein Messer nicht mehr zielgenau schleudern, doch er warf es trotzdem, denn der Hass auf Don Harris bestimmte sein ganzes Handeln.

Er warf die Klinge genau in dem Moment, als Don mit beiden Händen das Bein umklammerte, das auf seiner Brust stand.

Fox schrie, als er kippte. Das Messer löste sich aus seiner Hand. Es flog irgendwohin, nur nicht in Dons Körper. Als es aufschlug, war ein Klirren zu hören.

Sekunden später lag der Killer auf dem Bauch. Sein Zorn entlud sich in einem erneuten Fluch. Den rechten Arm konnte er nicht bewegen, und so war es für ihn schwer, auf die Beine zu gelangen.

Harris machte kurzen Prozess. Er packte den Mann, wuchtete ihn hoch und schleuderte ihn nach einer Drehung auf die harte Altarplatte.

Don beugte sich über ihn. Aus kurzer Distanz schauten sich die beiden Männer in die Augen. Der Killer musste unter starken Schmerzen leiden, sonst hätte er sein Gesicht nicht so verzogen. Er stieß den Atem durch den offenen Mund aus.

»Ruhig!«, flüsterte Don Harris. »Ganz ruhig, Fox. Das Spiel ist vorbei, verstehst du? Dein Weg wird von nun an ein anderer sein. Ich denke, dass du mir jetzt einiges zu erzählen hast. Warum bist du hinter mir her? Wer hat dich geschickt?«

Fox öffnete erneut den Mund, und Don Harris erwartete, endlich einige Antworten zu erhalten. Mit der ganzen Wahrheit rechnete er nicht. Männer wie Fox arbeiteten nie auf eigene Rechnung. Hinter ihnen stand stets ein Auftraggeber, vielleicht auch eine Organisation. Und es war oft tödlich für Killer wie Fox, etwas über diese Auftraggeber zu verraten.

Da geschah etwas, das alles auf den Kopf stellte.

Don spürte auf einmal einen eigenartigen Druck an und hinter seiner Stirn, und ein kalter Schauer erfasste ihn. Das dritte Auge – wie bei seinem Vater entstand es nun auf der Stirn des Sohnes.

Er wusste, dass genau das geschah, wusste es aus irgendeinem Grund mit absoluter Sicherheit, obwohl er es nicht sehen konnte, weil er keinen Spiegel vor sich hatte.

Oder doch?

Auch auf der Stirn des Killers zeichnete sich schwach das dritte Auge ab!

In diesem Moment, der sich so lange hinzog, glaubte Don, dass die Zeit stehen geblieben war. Die Welt um ihn herum war verblasst. Er und der Killer befanden sich in einem Vakuum, in dem nur sie beide existierten.

Er sah das Gesicht des Killers, und James Fox sah seines.

Beide erlebten ein Phänomen, das Don nicht nur erstaunte, sondern ihn verwirrte und zutiefst verstörte. Er ahnte, spürte, wusste, dass auch auf seiner Stirn das dritte Auge entstanden war. Warum aber zeigte es sich ebenfalls auf der Stirn des Mörders? Was hatte es mit ihm zu tun?

Er wusste es nicht. Und der Killer war nicht in der Lage, ihm diese Frage zu beantworten, denn auf seinem Gesicht zeichnete sich eine ähnliche Reaktion ab, wie sie auch Don Harris empfand.

Staunen, Angst, Abwehr ...

Fox bewegte den Mund. Er wollte sprechen, was ihm jedoch nicht gelang. Aus seinem Mund drang nur ein Gebrabbel, und er verdrehte die Augen. Er musste etwas Schreckliches durchmachen, doch schließlich wurden aus seinem Gestammel doch noch einigermaßen verständliche Worte, wobei sich seine Stimme unnatürlich hoch und fast kindlich anhörte:

»Das ist es, das ist es! Ich wusste es nicht. Nein, dass es so ist, wusste ich nicht ...« Speichel floss aus seinem Mund und benetzte das Kinn.

»Was wusstest du nicht?«, fuhr Don ihn an.

Mit einem gierigen Laut holte der Killer Luft. Das dritte Auge malte sich weiterhin auf seiner Stirn ab, wenn auch nur schwach. Es blieb starr, kein Zucken, kein Sichzusammenziehen.

Dann vernahm Don die Worte, die ihm einen Schock versetzten und ihn zugleich noch mehr verwirrten: »Ihr verfluchten Höllensöhne habt mich verraten! Verraten habt ihr mich ...«

Die Worte endeten in einem schrillen Gelächter, und

zugleich veränderte sich der Ausdruck in Fox' Augen. In diesem Blick war nichts Normales mehr. Der Wahnsinn leuchtete darin. Möglicherweise auch die Unschuld eines Kindes.

Mit einem heftigen Ruck zog der Killer die Beine an, ließ sich ganz auf die Altarplatte sinken und nahm eine fötale Haltung ein. Er kicherte, hob die Hände und vergrub sein Gesicht darin.

Das dritte Auge auf seiner Stirn war verschwunden. Don wusste es, obwohl Fox sein Gesicht hinter den Händen verbarg. Und auch er selbst spürte den Druck an seiner Stirn nicht mehr.

Sekundenlang starrte er auf den Mann. James Fox war dem Wahnsinn verfallen. Eine andere Kraft hatte sich seines Bewusstseins bemächtigt, und für Don stand fest, dass er nie mehr so sein würde wie früher.

Zeitlupenhaft langsam richtete sich Don aus seiner vorgebeugten Haltung auf. Er drehte sich um und ging mit schleppenden Schritten zur Seite. Die Gedanken lagen schwer wie Blei in seinem Gehirn. Er wusste nicht mehr, was er noch tun sollte, und lauschte dem schlurfenden Geräusch seiner eigenen Schritte.

Wie im Traum schritt er auf die Kanzel zu und ließ sich auf der vorletzten Stufe der Treppe nieder.

7

Gelächter hallte durch die Kapelle, schrill und überdreht. Es stammte von James Fox, der dem Wahnsinn verfallen war. Vier Männer kümmerten sich um ihn. Sie hatten ihn an Händen und Füßen Schellen angelegt, denn nur so ließ er sich bändigen. Er wurde weggetragen.

»Was ist genau passiert?«

Don, der noch immer auf der Treppe saß, hörte die Frage seines Freundes Terry Sheridan. Er gab keine Antwort, wich dem Blick des Chiefs aus und schaute zur offenen Tür der Kapelle, durch die er die Einsatzfahrzeuge sehen konnte. Das zuckende Blaulicht huschte wie feinstoffliche Geistergestalten über den Fußboden.

»Bitte, Don, ich muss es wissen!«

Harris verzog den Mund. »Wenn ich das wüsste, Terry, wäre mir wohler.«

Terry Sheridan verdrehte die Augen. »Du willst es mir nicht sagen, stimmt's?«

»Nein, so ist das nicht.«

»Wie dann?«

»Ich habe ihn hier gestellt, ihn angeschossen und mit ihm gekämpft. Wir landeten beide auf der Altarplatte, und da ist es eben passiert. Fox veränderte sich. Seine Psyche war plötzlich kaputt. Er fiel zurück in den Zustand eines kleinen Kindes. Aber das brauche ich dir ja nicht zu sagen, du hast es gesehen.«

Terry blieb misstrauisch. »Einfach so?«

»Ja, einfach so.«

»Dann sieht es übel aus«, sagte der Chief und wühlte mit einer Hand durch sein rötliches Haar. »Wenn dieser Zustand anhält, haben wir Pech, denn wir werden nichts mehr aus ihm herausbekommen. Im Klartext heißt das: Wir wissen nicht, wer ihn geschickt hat und welche Organisation hinter der ganzen Sache steckt.«

»Ja, so ist es wohl«, murmelte Don.

Sheridan lachte bitter auf. »Und das nimmst du so einfach hin, Don?«

»Was soll ich machen? Der ganze Fall ist einfach nur verwirrend.«

»Sieht so aus.«

Don schaute seinen Freund direkt an. Er kannte Terry. Deshalb wusste er auch, dass dieser ihm nicht so recht glaubte. In der Tat hatte Don ihm nicht die volle Wahrheit erzählt. Die Sache mit den beiden dritten Augen hatte er verschwiegen. Don hatte sich vorgenommen, selbst nachzuforschen.

Und da war noch ein Begriff aufgetaucht, über den er sich Gedanken machte. Der Killer hatte ihn erwähnt. Es ging um das Wort »Höllensöhne«. Wie mit Säure geätzt hatte es sich in Dons Gedankenwelt eingebrannt. Er konnte damit noch nichts anfangen, aber er ging davon aus, dass dieser Begriff in der Zukunft noch eine Rolle spielen würde.

Mit einer müden Bewegung erhob er sich.

»Wo willst du hin?«, wollte Terry wissen. »Und was hast du vor?«

Don winkte ab. »Ich ziehe mich für heute zurück, gehe nach Hause, lege mich ins Bett und werde wohl für die nächsten Tage Urlaub nehmen. So genau weiß ich das noch nicht. Mal schauen, wie sich die Dinge entwickeln.«

Sheridan lächelte schmal. »Du glaubst, dass es weitergeht, oder?«

»Geht es nicht immer weiter?«

»Ja, irgendwie schon. Es kommt nur darauf an, in welche Richtung es läuft.«

»Genau das ist mein Problem ...«

Das Penthouse lag in der City of London und bot seinem Bewohner einen wunderbaren Blick nach Süden und auf die verschiedenen Brücken, die sich über die Themse spannten, von der Waterloo Bridge im Westen bis zur Tower Bridge im Osten.

Wind hatte den Himmel aufgerissen und die Sonne hervorgeholt. Ihr Schein fiel durch die große Scheibe in einen Raum, in dem ein mächtiger hufeisenförmiger Tisch stand. In den Tisch, um den sich mehrere Stühle verteilten, waren Computerkonsolen mit Bildschirmen integriert, die recht klein wirkten im Vergleich zu dem großen Bildschirm an der Querwand, die sich an der offenen Seite des Hufeisens befand.

Der Raum hatte über Stunden hinweg eine ruhige Phase erlebt, was sich allerdings änderte.

Die Männer des Zirkels trafen ein. Ein jeder hatte eine Chipkarte mit einem persönlichen Sicherheitscode, bestehend aus Fingerabdruck, Kontrolle der Iris und einem Stimmenpasswort, das nach dem Zufallsprinzip wechselte.

Wer hier Zutritt erlangte, gehörte zu einer Elite. Man war stolz darauf, aber keines der Mitglieder kannte die Identität des anderen. Damit dies auch so blieb, musste eine altmodisch anmutende Maßnahme eingehalten werden: Die Männer, die das Penthouse betraten, trugen allesamt Masken. Weiße Masken, bleich wie die Haut eines Toten, die sie sich über den Kopf streifen mussten. In den Masken befanden sich Stimmenverzerrer. Sicherheit ging bei diesem Zirkel über alles.

Auf Umhänge oder Kutten wurde verzichtet. Die Männer trugen ihre normale Straßenkleidung, aber ihre Hände steckten in dünnen Lederhandschuhen.

Erst als auch der letzte Stuhl besetzt war, ertönte ein leises Summen. Vor dem Fenster setzte sich ein Rollo in Gang. Wie ein großer Schatten sank es langsam nach unten. Intervallweise zerstörte es den prächtigen Blick, der sich den Besuchern durch die Fensterfront geboten hatte, und die Männer mit den Masken wurden allmählich in Dunkelheit getaucht.

Nur mehr ein schwacher Schein zeichnete den Umriss des großen Fensters nach. Das Summen war verstummt, und Schweigen legte sich über die Versammlung. Es schien, als säßen an dem großen Tisch nur Leichen. Etwa eine Minute verstrich, ohne dass etwas geschah. Niemand der Anwesenden zeigte Ungeduld. Die Männer kannten das Ritual und akzeptierten es.

Nach genau zweiundsechzig Sekunden begann es auf

dem Hauptbildschirm zu flimmern. Das dauerte nur wenige Augenblicke, und wie aus dem Nichts erschien plötzlich das Bild.

Es war der Kopf eines Mannes aus dem höheren Zirkel, aber auch er war maskiert. Über den Kopf hatte er eine venezianische Vogelmaske gestülpt, und diese Maske war im Gegensatz zu denen der Versammelten pechschwarz; nur der lange Schnabel stach blutrot hervor. Darunter befand sich eine schmale Öffnung für den Mund.

Zugleich erschien das maskierte Gesicht per *override* auf jedem der kleineren Bildschirme, sodass es die Versammelten auch aus der Nähe sahen. Keiner von ihnen wusste jedoch, wer sich hinter dem Vogelgesicht verbarg, und auch das akzeptierten alle.

Es war ein leises Knacken und Knistern zu hören, dann sprach der Anführer die Versammelten an. Niemand kannte seine normale Stimme, denn auch jedes seiner Worte wurde durch einen Verzerrer verfremdet.

»Es ist heute ein besonderer Tag, meine Freunde. Ich habe euch zu mir gebeten, weil ich eine Botschaft und zugleich eine Erklärung für euch habe. Seid ihr bereit?«

Es folgte ein allgemeines Nicken.

»Gut, kommen wir zu den Fakten. Ihr wisst, dass wir einen neuen Feind haben, der uns auf der Spur ist, von uns selbst aber nichts weiß, was auch gut ist. Der Mann heißt Don Harris.«

In diesem Augenblick verschwand das Gesicht des Redners von den kleineren Bildschirmen. Ein anderes erschien.

»Das ist Don Harris«, quäkte die Stimme wieder. »Er

arbeitet für die ESI, die European Special Intelligence. Er gehört dort zu den besten Leuten. Ich sage das, damit ihr euch auf ihn einstellen könnt. Don Harris wäre keine so große Gefahr, wenn er nicht über ähnliche Fähigkeiten verfügen würde wie wir. Ich hatte einen Mann damit beauftragt, ihn zu eliminieren. Es ist leider nicht gelungen, denn Harris war stärker. Unser Mann ist zwar nicht tot, aber er wird der anderen Seite trotzdem nichts mehr verraten können. Aus zuverlässiger Quelle habe ich erfahren, dass er dem Wahnsinn verfiel. Er steht auf dem geistigen Niveau eines zweijährigen Kindes. Man hat ihn in eine Anstalt geschafft, und ich denke nicht, dass er dort je wieder herauskommen wird. Es wäre ein Leichtes für uns, ihn zu töten, nur habe ich mich dagegen entschieden, denn ich möchte nicht auffallen.«

Der Sprecher legte eine kurze Pause ein, bis seine verzerrte Stimme erneut erklang. »Ein anderes Problem ist dagegen sehr wichtig und präsent. Es heißt Don Harris. Dieser Mensch darf nicht länger am Leben bleiben. Er muss ausgeschaltet werden, und deshalb habe ich diese Versammlung einberufen. Don Harris muss sterben, und er muss bald sterben, bevor der große Tag anbricht. Habt ihr verstanden?«

Die Männer mit den weißen Masken hatten verstanden. Sie bewiesen es durch ihre leichte Unruhe, aber noch wagte niemand, eine Frage zu stellen. Jeder wartete, dass der Chef das Wort erneut ergriff.

Das dauerte nicht lange, dann klang die verzerrte Stimme wieder auf, und so hörten alle Anwesenden seinen Vorschlag.

»Ich gebe euch den Auftrag, Harris zu töten. Derjenige, dem es gelingt, wird in den nächsthöheren Zirkel aufsteigen. Ich denke, dies ist Belohnung genug. Um mehr über Harris zu erfahren, drückt die Enter-Taste eurer Computerkonsole. Wer von euch Don Harris tötet, ist mir egal, ich will ihn nur tot sehen.«

Mehr sagte der Mann mit der Schnabelmaske nicht. Er verschwand aber noch nicht vom Bildschirm, sondern wartete auf die Reaktion der Maskenträger, die ihre Informationen abriefen. Erst als alle den Text gelesen hatten, ergriff der Anführer wieder das Wort.

»Fragen?«

Einer hob den Arm. »Ja, ich!« Auch seine Stimme klang verzerrt.

»Ich höre!«

»Gibt es eine Vorschrift, wie Harris getötet werden soll?«

»Nein! Ihr könnt ihm meinetwegen eine Kugel verpassen. Ihr könnt ihn aber auch vierteilen und zerstückeln. Das spielt keine Rolle. Ich will nur, dass er stirbt!«

»Danke, das wollte ich wissen.«

»Sonst noch irgendwelche Unklarheiten?«

Es gab keine. Die Maskierten waren zufrieden, und die Gestalt auf dem großen Schirm war es auch.

»Dann wünsche ich gutes Gelingen! Unser nächstes Treffen wird noch zeitlich bestimmt.«

Die Versammelten wussten, dass Schluss war. Sekunden später waren die Schirme leer. Es blieb weiterhin dunkel im Raum, doch nicht so still wie vor dem Auftreten des Anführers.

Einige schwere Atemzüge durchdrangen die Stille. Nachdem eine bestimmte Zeitspanne verstrichen war, stand der erste Maskierte auf und verließ den Raum.

Der zweite folgte eine Minute später. Danach der dritte Maskierte, der vierte und so weiter.

Irgendwann fuhr auch wieder das Rollo in die Höhe. Wer sich an diese Fensterfront stellte und aus dem Penthouse schaute, der konnte meinen, der Herrscher über die Millionenstadt London zu sein.

Nichts erinnerte mehr an die Versammlung der Maskierten, die sich die Höllensöhne nannten …

8

Der Pub war gemütlich, Don Harris fühlte sich dort wohl. Balken stemmten die Decke, die Theke glänzte stets wie frisch poliert, und auf den kupferfarbenen Hähnen der Zapfanlage brach sich das Licht der Leuchten, die über dem Thekenbereich angebracht waren.

Don suchte diesen Pub des Öfteren auf, wenn er von allem die Nase voll hatte oder nicht weiterkam bei einer Sache, an der er sich festgebissen hatte. Wenn er an der Theke stand, sein Bier schlürfte, den Unterhaltungen der anderen Gäste lauschte und sich hin und wieder selbst daran beteiligte, ließ der Ärger des Tages allmählich von ihm ab.

Er trank gern Guinness. Nicht in Mengen, aber das dunkle Starkbier schmeckte ihm. Aber entspannt war er an diesem Abend nicht. Noch immer stand er grübelnd an der Theke.

Er hing fest. Er kam nicht weiter. Er hatte sich selbst analysiert und war zu der Überzeugung gelangt, dass er möglicherweise zu subjektiv eingestellt war. Immerhin drehte sich alles um ihn, um Nancy, die ihm nahe gestanden hatte, und um seinen geliebten Vater. Da fiel es schwer, Objektivität zu wahren und nüchtern an den Fall heranzugehen. Aber er konnte sich ja an eine andere Person wenden. Nicht an eine fremde, sondern an einen Menschen, dem er vertraute.

Genau den gab es. Der Mann hieß Mac Sterling und wurde von Freunden auch Silver genannt. Sterling war Dons ehemaliger Ausbilder bei der ESI. Beide hatten sich stets gut verstanden, und Silver hatte ihm des Öfteren erklärt, dass Don zu den Besten gehörte, die er je ausgebildet hatte. Ein wenig stolz machte das Don Harris schon.

Er hatte sich mit Silver im Pub verabredet. Einen genauen Zeitpunkt hatten sie nicht vereinbart, sondern nur eine ungefähre Uhrzeit ausgemacht. Auch Silver hatte viel zu tun. Da musste man ihm schon eine gewisse Karenzzeit zugestehen.

Den Wirt nannten die Gäste nur Mecky, denn er trug sein Haar wie ein Igel die Stacheln. Die starre Pracht war blond gefärbt. Da an diesem frühen Abend der Pub gut besucht war, hatte Mecky keine Zeit, sich mit Don zu unterhalten, was hin und wieder mal der Fall war. Da hatte Don auch einiges über Mecky erfahren, der mit seinem Freund, einem Arzt, zusammenlebte.

Auch die beiden Bedienungen hatten gut zu tun. Frauen im mittleren Alter, auf die sich Mecky verlassen konnte. Sie gehörten schon fast zum Inventar des Lokals.

Die Theke bestand aus einer Längsseite und zwei schmaleren Bereichen rechts und links davon. An einer von ihnen stand Don Harris, denn von dieser Position aus hatte er den besten Überblick und konnte sehen, wenn jemand das Lokal betrat und wer dies war.

Gegen 18 Uhr war er mit Mac Sterling verabredet. Die

Zeit war bereits um gut zwanzig Minuten überschritten, doch als Don seinen Blick von den Dartspielern im Hintergrund löste und sich wieder auf die Tür konzentrieren wollte, schwang diese in genau diesem Augenblick auf.

Silver trat ein.

Er war ein Mann, den man nicht übersehen konnte. Groß, schlank und durchtrainiert. Er war nicht mehr der Jüngste. Das Haar war im Laufe der Zeit ergraut. Es machte Silver nichts aus. Er ließ es lang wachsen und kämmte es straff nach hinten.

Er hatte kein Gramm Fett zu viel am Körper. Das Gesicht war schmal, die Stirn hoch und breit. Graue Augen, die scharf blickten, ein Mund mit schmalen Lippen, und wenn er sich bewegte, dann mit einem federnden Gang. So schob er sich an den Tischen vorbei. Er trug einen dünnen grauen Ledermantel, der einen Glanz abgab, als wäre er mit Öl eingerieben.

Mac Sterling kannte den Pub. Er wusste zudem, wo sich sein Freund stets aufhielt, und steuerte sofort die schmale Seite der Theke an, wo Don Harris stand.

Wenig später lagen sich die beiden Männer in den Armen. Don bemerkte, dass Silver noch immer das gleiche Rasierwasser benutzte wie früher. Er war ein Mensch, der auf gewisse Dinge Wert legte und sie dann beibehielt. Ein bisschen konservativ vielleicht, doch das störte Don nicht.

Silver schlug ihm auf die Schulter. »Dass wir uns mal wiedersehen, finde ich toll.«

»Und ich erst.«

»Du bist immer noch beim Guinness?«

»Ja, wie du bei deinem Rasierwasser.«

Sterling lachte. »Gut, mein Freund, gut. Stets die Nase im Wind haben, Neues einsaugen, aber das Alte nicht vergessen.«

»Das ist wichtig, so hab ich's von dir gelernt.«

»Stimmt.«

Der Wirt tauchte vor ihnen auf und fragte Mac Sterling nach seinen Wünschen.

»Ich nehme das Gleiche wie mein Freund hier. Zuvor bekomme ich einen Scotch. Ohne Eis.«

»Gern.«

»Du auch, Don?«

»Nein. Ich muss noch Auto fahren.«

»Dann ist es vernünftig.«

Die Getränke wurden serviert. Beide Männer prosteten sich zu. »Auf dich«, sagte Don.

Silver schüttelte den Kopf. »Nein, mein Freund, auf dich. Du bist von mir ins Leben entlassen worden, und nun stehst du an der Front. Ich nicht, ich befinde mich in einer relativen Sicherheit.« Er lächelte breit. »Da hat man es als Ausbilder schon gut.«

»Meinst du?«

»Klar.«

»Na ja, vielleicht komme ich dort auch mal hin.«

Mac Sterling zuckte etwas zurück. »Bitte, das willst du mir doch nicht antun!«

»Warum nicht?«

»Hör auf, Junge.« Don erhielt einen Schlag auf die Schulter. »Du bist jung, dir steht das Leben offen. Ich habe meine aktive Zeit hinter mir und gehöre zum alten Eisen.«

»Soll ich jetzt lachen? Ich wäre glücklich, wenn ich in zwanzig Jahren noch deine Kondition hätte.«

»Nun ja, wir wollen nicht übertreiben. Auch ich brauche hin und wieder mal etwas Ruhe und Entspannung.«

»Das hört sich an, als hättest du dich gebunden?«

»Wie, gebunden?«

»Verheiratet.«

Silver lachte. »Nein, Don, das bestimmt nicht. Ich bin nicht verheiratet.« Er hob beide Hände. »Um Himmels willen, kein Gefängnis. Was habe ich getan, dass man mich lebenslänglich in den Knast werfen will?« Er lachte meckernd. »Aber was ist mit dir? Ich meine, du warst nicht eben ein Kostverächter und ...«

»Ich bin ledig und werde es auch bleiben.« Don hob die Schultern. »In meinem Job eine Ehe einzugehen kommt wohl kaum in Frage. Das kann ich keiner Frau zumuten.«

»Alles klar, Don. Du bist jung, du bist frei, und« – Silver schaute Don scharf an – »du bist trotz allem nicht glücklich und zufrieden, wenn ich das mal sagen darf.«

»Darfst du.«

»Danke. Und? Habe ich Recht?«

Don drehte den Kopf zur Seite. Er wollte seinen Freund nicht unbedingt anschauen, als er Antwort gab. »Nun ja«, sagte er mehr zu sich selbst, »so richtig stimmt das eigentlich nicht.«

»Wie dann?«

»Es gibt schon etwas, das mir ganz gehörig die Laune vermiest, das gebe ich zu.«

»Ist es der Tod deines Vaters?«

Don schaute Silver an. »He, du weißt davon?«

»Bitte, mein Lieber, so etwas spricht sich herum. Mein Beileid übrigens. Ich wäre schon darauf zu sprechen gekommen, wollte allerdings erst den richtigen Zeitpunkt abwarten.«

Harris schluckte. »Klar ...« Er schaute an Silver vorbei und beobachtete die Gäste, die sich hier versammelt hatten, um sich zu amüsieren. Das schaffte Don nicht. Nicht nach dem, was alles passiert war. Er kam sich in diesem Pub plötzlich wie ein Fremdkörper vor und war froh, seinen Freund Mac Sterling an seiner Seite zu haben.

»Du hast Sorgen, Don?«

Harris wandte ihm wieder das Gesicht zu und lächelte. »Sieht man mir das an?«

»Ein wenig schon. Es mag auch daran liegen, dass ich dich recht gut kenne.«

»Ja, das stimmt«, murmelte Don. »Wir beide könnten Brüder sein.«

»Und deshalb sind wir hier, richtig? Damit du mir brüderlich deine Sorgen mitteilen kannst.«

Harris nickte. »Du bist noch immer gut, Mac.«

»Ja, das gehört dazu. Außerdem kenne ich dich. Mir kannst du nichts vormachen.«

»Das will ich auch nicht, Mac.«

»Okay. Dann schütte mir dein Herz mal aus. Ich habe mir schon gedacht, dass so etwas kommt.«

»Wieso?«

»Na, wegen des Todes deines Vaters und allem, was damit zusammenhängt.«

»Was meinst du denn damit?«

Silver hob beide Hände und drehte die Flächen seinem Freund entgegen. »Gerüchte, Don, nur Gerüchte.«

»Und welcher Art?«

»Bei der ESI kennt man dich gut. Du hast dir ein paar Tage freigenommen. Da spekuliert man sofort über die Gründe.«

»Und wie hören die sich an?«

»Nun ja, man spricht davon, dass dir der plötzliche Tod deines Vaters doch sehr an die Nieren gegangen ist und du eine Zeit der Trauer brauchst, um den Schock zu verdauen.«

Don nickte. »Ja, das wäre menschlich. Und ich habe tatsächlich einige Probleme, über die ich gern reden würde.«

»Und dafür bin ich der richtige Mann?«

»Das dachte ich mir.«

»Dann lass mal hören.«

Don Harris griff zum Glas. Er musste jetzt einfach einen kräftigen Schluck nehmen. Silver war ein Mensch, dem er vertraute, und bei ihm brauchte er auch kein Blatt vor den Mund zu nehmen. Er berichtete von Beginn an, und Silver war ein guter Zuhörer, der Don nicht durch überflüssiges Nachfragen unterbrach, sondern sich zunächst einmal alles genau anhörte und sich darauf konzentrierte.

Don schloss mit den Worten: »Es macht mich zwar nicht fertig, Mac, aber ich weiß nicht, was auf mich zukommt, und das versetzt mich schon in« – Don suchte nach dem richtigen Wort – »Unruhe.«

Sterling nickte versonnen. Er verengte leicht die Augen, als er sagte: »Ja, ja, du bist schon immer etwas Besonderes gewesen, das habe ich damals gespürt.«

»Wie meinst du das?«

»Nehmen wir deine Vorahnungen, die ...«

»Ich habe sie schon seit meiner Kindheit.«

»Gut, gut, aber sie sind da. Du musst dich nicht nur damit abfinden, sondern alles von einer positiven Seite her sehen. Wer das Glück hat, eine derartige Gabe zu haben, der sollte sie einsetzen, und zwar zum Wohl aller Menschen.«

»Meinst du?«

»Würde ich es sonst sagen?«

Don lächelte verkniffen und seufzte. »Da ist dann noch dieses dritte Auge, das mir Sorgen bereitet.«

»Ach was.«

»Du verstehst nicht, Silver. Dieses Auge ...«

»Nein, Don, lass jetzt mal mich reden. Ich weiß, was ich dir nun sagen werde, wird dir nicht gefallen, aber ...«

»Aber was?«, hakte Don nach, als Silver kurz schwieg.

»... aber ich kann nicht daran glauben.«

Don war verblüfft. Mit allem hatte er gerechnet, nur nicht mit einer solchen Antwort. »Warum nicht?«

Silver lächelte ihn an. »Weil es nicht sein kann, Don!«

Harris versteifte sich. »Hältst du mich für einen Lügner?«

Sterling schüttelte den Kopf und sagte: »Nein, nein, so darfst du das nicht sehen. Ich glaube nicht, dass du gelogen hast. Da ist etwas anderes mit dir passiert.«

»Nun schön. Und was?«

Silver schaute Don in die Augen, als er fragte: »Hast du unter Stress gestanden?«

»Klar. Wer hätte das in meiner Situation nicht?«

»Gut, dass du es zugibst. So kommen wir der Sache näher.«

»Und was für eine Sache wäre das?«

»Es sind Stresssymptome, Don. Nicht mehr und nicht weniger. Es ist einfach zu viel auf einmal auf dich eingestürzt: Nancys Ermordung, deine Telefonnummer, mit ihrem Blut an die Wand geschmiert, dann der plötzliche Tod deines Vaters und schließlich der Kampf gegen einen wahnsinnigen Killer … Deshalb kam es zu diesen Halluzinationen.«

Don schüttelte heftig den Kopf. »Was sagst du da? Halluzinationen? Das dritte Auge soll eine Halluzination gewesen sein?«

»Ja, das meine ich.«

»Unsinn!« Er hatte das Wort scharf ausgesprochen und so laut, dass einige Gäste aufmerksam wurden. Don atmete tief durch, um sich zu beruhigen, und seine Stimme war leiser, als er fortfuhr: »Nein, Mac, das sind und das waren keine Einbildungen. Wie hätte ich mir denn auf der Stirn des Killers das dritte Auge einbilden können? Es war vorhanden, zwar nur sehr schwach, aber gesehen habe ich es. Und bei mir trat es stärker hervor.«

Silver runzelte die Stirn. »Das Auge auf deiner Stirn …«, murmelte er.

»Ja, was ist damit?«

»Wie konntest du es sehen, Don?«

Don war verwirrt. »Ich … ich habe es nicht gesehen. Aber ich konnte es spüren. Verstehst du?«

Wie nebenbei leerte Silver sein Whiskyglas. »Du hast es

gespürt – aha«, sagte er. »Du befandest dich in einer extremen Lage. Da sieht man schon mal Dinge, die man sich nicht erklären kann und die aus der Tiefe eines Menschen nach oben dringen.«

Die Antwort reichte Don nicht. Er hatte den Eindruck, als wollte Silver alles wegschieben. Es stand plötzlich eine unsichtbare Wand zwischen ihnen. Sollte er sich von seinem Ausbilder, seinem alten väterlichen Freund, schon so weit entfernt haben, dass der eine dem anderen nicht mehr glauben oder auf ihn eingehen konnte?

Er wollte nicht zu hart urteilen. Es war für Silver natürlich befremdend, so etwas zu hören, doch dass er Don derart auswich und nicht mal versuchte, ihn zu verstehen, das störte ihn schon.

»Du schaust mich an, als wäre ich dein Feind.«

Harris schüttelte den Kopf. »Das bist du natürlich nicht, Silver. Tut mir leid. Deine Einstellung rüttelt an meiner Überzeugung. Ich muss mich damit auseinandersetzen.«

»Was hast du dir denn vorgestellt? Dass ich mit fliegenden Fahnen zu dir überlaufe? Dass ich übersinnliche Erscheinungen so mir nichts dir nichts akzeptiere und als gegeben ansehe?«

»Nicht ganz, aber so ähnlich.«

Mac Sterling schüttelte den Kopf. »Junge, du musst die Kirche im Dorf lassen.«

»Und was bedeutet das?«

»Ganz einfach: Such nach einer rationalen Erklärung. Mehr kann ich dir nicht sagen.«

»Aber die gibt es nicht.«

»Doch!«

»Nicht für mich, Silver.«

»Weil du nicht objektiv an die Dinge herangehst, Junge.«

Don Harris winkte mit beiden Händen ab. »Ich denke, dass es keinen Sinn mehr hat, wenn wir hier weiterdiskutieren. Wir beide kommen bei diesem Thema auf keinen gemeinsamen Nenner.«

»Du musst es wissen, Don. Ich kann dazu nicht viel sagen, und meine Ansicht habe ich dir mitgeteilt.«

»Ja, die kenne ich jetzt.«

»Wo bleibt das ›leider‹?«

Don musste lachen. »Keine Sorge, Silver, ich kenne dich. Und zwar schon recht lange. Ich weiß, dass du es nicht böse meinst. Du versuchst, mich wieder auf den Boden der Tatsachen zu bringen, nicht wahr?«

»So ist es.«

»Nur sehen meine Tatsachen anders aus als deine.«

»Okay, das muss ich akzeptieren. Aber ich frage mich, was du jetzt unternehmen willst?«

»Das kann ich dir sagen: Ich ziehe mich zurück.«

Silver staunte nicht schlecht. Dann wollte er wissen: »Wohin?«

»Wenn ich den Pub hier verlassen habe, werde ich nicht in meine Stadtwohnung fahren, sondern das kleine Cottage aufsuchen, das ich von meinen Eltern geerbt habe. Ich hoffe, dass ich dort die nötige Ruhe finde, um über alles nachzudenken.«

Sterling nickte Don zu. »Ja, mein Lieber. Ja, das wünsche ich dir von ganzem Herzen.«

»Danke.«

Silver tippte Don gegen die Brust. »Und wenn etwas ist, wenn du dich schlecht fühlst oder in irgendwelche Schwulitäten gerätst, ruf mich an, kapiert? Ich bin immer für dich da. Wozu hat man denn Freunde?«

»Das weiß ich doch.« Don wollte Geld hervorholen, um die Zeche zu begleichen, aber Silver legte ihm eine Hand auf den Arm und sagte: »Lass das mal sein. Ich übernehme das.«

»Danke.«

Don wollte bereits gehen, als Silver ihn noch mal zurückhielt. »Wie gesagt, du kannst dich voll und ganz auf mich verlassen, wenn es Probleme gibt.«

»Ich weiß. Wie damals in der harten Zeit?«

»Genau.«

»Dann bis später.« Don winkte dem Freund noch kurz zu und bewegte sich in Richtung Ausgang …

Mögen Pubs auch noch so gemütlich sein, Don Harris war trotzdem froh, die kühle Abendluft einatmen zu können. Es war noch ein letzter Hauch von Winter zu spüren, der es allerdings nicht schaffte, die Menschen von der Straße zu treiben.

In diesen engen Gassen Sohos gab es zahlreiche Kneipen und Restaurants der unterschiedlichsten Art. Vor allem von kulinarischer Seite her war die halbe Welt vertreten, und entsprechende Gerüche schwängerten die Luft.

Harris ging mit langsamen Schritten über das Kopfsteinpflaster. Er hatte seinen Spitfire auf einem bewachten Parkplatz abgestellt. Er ließ sich Zeit, ihn zu erreichen, und schaute sich die Umgebung genau an.

Hier brodelte das Leben. Nicht so intensiv wie an warmen Sommertagen, aber die Leute wollten raus. Diese Welt hier war vor allem von einem jungen Publikum erobert worden. Wer eine Kneipentour machen wollte, hatte hier alle Möglichkeiten.

Ein kleiner Park lag ebenfalls in der Nähe. Dort musste Don hin, denn dort befand sich auch der Parkplatz, auf dem Don den alten Spitfire abgestellt hatte. Der Legende nach hatten ihn seine Eltern in diesem Wagen gezeugt. Ob es stimmte, hatte sein Vater später immer offengelassen, aber stets gelächelt, wenn Don ihn darauf angesprochen hatte.

Jetzt gab es keinen Menschen mehr, den Don hätte fragen können, und genau das machte ihn wieder traurig. Er spürte den Kloß in der Kehle, doch das lag nicht allein an seinem Vater, er dachte auch an sich und sein Schicksal.

Sein Leben hatte einen heftigen und auch schmerzhaften Stoß erhalten und war in eine andere Richtung gelenkt worden. Wohin ihn der Kurs allerdings treiben würde, das wusste Don nicht. Da musste er sich einfach überraschen lassen.

Mit diesen Gedanken beschäftigt, ging er weiter. Die Menschen um ihn herum nahm er zwar wahr, aber sie waren für ihn nicht mehr als Statisten auf der Bühne des Lebens.

Bis er gegen jemand lief.

»He, was ist das denn?«

Don erschrak, als er die Frauenstimme hörte. Er ging schnell einen Schritt zurück und sah vor sich eine Frau stehen. Sie schüttelte immer noch den Kopf, weil er sie angerempelt hatte.

»Sorry, aber …«

Sie ließ ihn nicht ausreden und fuhr mit einer Hand über ihr blondes, sehr glattes und in der Mitte gescheiteltes Haar. »Erst dachte ich, Sie wären angetrunken, aber ich rieche keine Fahne. Oder nur eine sehr schwache. Sie waren wohl in Gedanken, stimmt's?«

»Volltreffer, Lady.«

Die Augen der Frau blitzten. »Lady … sehr schön, das hat lange keiner mehr zu mir gesagt.«

»Nun ja …«

»Werden Sie nicht verlegen. Außerdem haben Sie Glück, Mister.«

»Tatsächlich? Warum?«

»Weil ich auf der Jagd bin.«

Don schmunzelte. »Dann haben Sie hier leider das falsche Revier erwischt.«

»Nein, das habe ich nicht. Denn mir geht es nicht um Tiere, sondern um Männer.«

Don Harris stutzte. Die letzte Antwort kam ihm schon ein wenig suspekt vor.

Die Blonde bemerkte seine Reaktion und lachte auf. »Nicht wie Sie das meinen. Es ist ganz anders.«

»Wie anders denn?«

»Ich schreibe über Männer. Über Machos, über Softies, über harte Kerle und Weicheier. Und nun bin ich auf der Suche.«

»Ah ja. Sie arbeiten an einem Buch, richtig?«

»Nein, an einer Reportage. Kann sein, dass ich aus den

einzelnen Berichten mal ein Buch machen werde. Aber das liegt irgendwo in der Zukunft.«

»Dann wünsche ich Ihnen viel Glück.« Don wollte gehen, aber die Frau hatte etwas dagegen.

»Nein, nein, mein Lieber, so leicht kommen Sie mir nicht davon. Dass wir beide im wahrsten Sinne des Wortes zusammengestoßen sind, sehe ich nicht als Zufall an. Das war Schicksal. Ganz einfach Schicksal und nichts anderes.«

»Ja, ja, wenn Sie meinen …«

»Ja, ich meine es so.« Sie trat näher an Don heran. »Und noch etwas meine ich: Was das Schicksal zusammengeführt hat, das sollte der Mensch nicht trennen.«

»Sind wir jetzt verheiratet, oder was?«, fragte Don sarkastisch.

»Das nicht, aber …« Die Blonde schlug den breiten Kragen des hellen Trenchs zurück, den der Wind hochgeschoben hatte. »Sie wissen, was ich mache, und Sie sind genau der richtige Mann für ein Interview.«

Don verzog die Lippen zu einem Grinsen. »Als Macho oder als Softie?«

»Keine Ahnung. Das wird sich ja dann herausstellen. Aber ich schätze, dass Sie zu keiner der beiden Typisierungen zählen. Sie liegen eher dazwischen, finde ich.«

»Oh, danke.«

»Dann können wir jetzt anfangen? Das Interview dauert nicht lange. Ich kenne hier ein sehr gemütliches Weinlokal und denke, dass wir da die nötige Ruhe haben, um uns …«

Don unterbrach sie. »Nicht heute!«

»Ach.« Die Blonde zeigte ihre Enttäuschung überdeutlich. »Die Abfuhr muss ich erst verdauen.«

Harris schüttelte den Kopf. »Es ist keine Abfuhr. Nehmen Sie es mir nicht übel, aber ich möchte heute Abend allein sein, um über bestimmte Dinge nachzudenken.«

»Ahhh«, dehnte die Blonde. »Sie sind mehr der große Schweiger und Grübler. Sehr interessant.« Die Blonde schob ihre Unterlippe vor, wiegte den Kopf und sagte schließlich: »Morgen?«

»Gut. Und wo?«

»Genau hier!« Sie lachte. »Ist ein toller Ort. Und die Zeit bleibt auch gleich.«

»All right, meinetwegen.«

Sie nickte Don zu und sagte noch: »Ich freue mich auf unser Interview.«

»Ja, ja, ich …« Don sagte nichts mehr. Die Frau war wie ein Spuk verschwunden, und erst jetzt fiel ihm ein, dass er nicht mal ihren Namen wusste.

Irgendwie kannte er sich selbst nicht mehr. Ihm wollte nicht in den Kopf, dass er zugestimmt hatte, sich morgen mit ihr zu treffen. Aber es war wohl die forsche Art der Blonden, die ihn überzeugt hatte. Don mochte ihre herausfordernde Laszivität, und er war auch eigentlich für jede Abwechslung dankbar, denn er befand sich mittlerweile in einem Gemütszustand, der ihm selbst nicht gefallen konnte.

Er schaute sich um. Sein Wunsch, die Blonde noch einmal zu sehen, um ein paar Dinge klarzustellen, erfüllte sich nicht. Sie war in dem Trubel, der ringsum herrschte, untergetaucht.

Wenig später hatte er den Parkplatz erreicht. Zwei Männer von einer Service-Agentur bewachten die Autos. Don musste eine Marke abgeben, die er beim Verlassen des Parkplatzes erhalten hatte. Sein Spitfire stand nicht weit entfernt. Als er ihn abgestellt hatte, war der Platz noch recht leer gewesen, jetzt gab es kaum noch eine Lücke.

Jenseits der abgestellten Autos sah er die Bäume des Parks wie ein gemaltes Bühnenbild. Ein sanfter Wind ließ die frischen Blätter rascheln, die noch wachsen mussten. Junge Mütter schoben Kinderwagen über die Wege. Diese ersten Frühlingstage im April gefielen den Menschen. Auch Don war froh, die kalte Jahreszeit hinter sich zu haben.

Er wollte einsteigen und hatte den Spitfire bereits geöffnet, da meldete sich sein Handy.

Don runzelte die Stirn. Nur wenige Menschen kannten seine Mobilnetznummer. Beunruhigt war er nicht, als er die Stimme seines Freundes Mac Sterling hörte.

»Schön, dass ich dich erwische.«

»Was kann ich noch für dich tun, Silver?«

»Ich habe mir unser Gespräch noch mal durch den Kopf gehen lassen und finde es nicht gut, dass wir zu keinem Abschluss gekommen sind.«

»Nun ja, wie man's nimmt.«

»Trotzdem, es ist schon unbefriedigend.«

»Okay, aber was willst du machen?«

»Na ja, Junge, ich möchte dir natürlich schon helfen …«

»Danke.«

Silver lachte. »Hör auf, ich weiß ja noch gar nicht, ob das möglich ist. Wir sollten uns morgen treffen.«

»Nicht schlecht. Und wann?«

»Um diese Zeit.«

Don überlegte blitzschnell. Die Blondine fiel ihm wieder ein. Er wollte das Treffen nicht versäumen und versuchte, den Termin zu verschieben.

»Kein Problem«, sagte Silver. »Wann?«

»Gegen 21 Uhr?«

»Gern. Am besten in der Zentrale der ESI. Dort wird ja Tag und Nacht gearbeitet.«

»Okay, dann treffen wir uns dort.« Don lachte. »Ach ja, wobei wolltest du mir denn helfen?«

»Ich habe über den Killer nachgedacht. Über diesen James Fox. Solche Typen fallen nicht plötzlich vom Himmel. Vielleicht kann man dort noch einmal ansetzen.«

»Da hast du wohl Recht, Silver.«

»Wunderbar. Dann sehen wir uns morgen.«

»Gute Nacht.«

»Dir auch.«

Don Harris stieg endlich in seinen Wagen. Auf seine Lippen hatte sich ein Lächeln gelegt. Er freute sich darüber, einen Freund wie Mac Sterling zu haben, auf den er sich verlassen konnte.

Action hatte er an diesem Tag genug gehabt. Es war an der Zeit, dass er zur Ruhe kam, und das kleine Cottage im Südwesten von London schien dafür geeignet …

Bis Wimbledon brauchte Don Harris nicht zu fahren. Das kleine Anwesen lag in Richmond, und um schnell ans Ziel zu gelangen, nahm er die A 316, auf der er hoffte, schnell voranzukommen.

Es tat ihm gut, wieder in seinem Spitfire zu sitzen. Zum Glück gab es Dinge, die er in Ehren halten konnte, und der Spitfire gehörte dazu. Er hatte das Auto überholen lassen, es war getunt worden, sodass es schneller fuhr als normal, aber das tat Don Harris nur, wenn es sein musste. Ansonsten hielt er sich an die Verkehrsregeln und Geschwindigkeitsbegrenzungen, was er auch an diesem Abend tat. Besonders eilig hatte er es nicht. Er würde, wenn er ankam, noch eine Kleinigkeit essen. Dazu brauchte er nicht weit zu fahren, denn in der Nähe lag ein Restaurant mitten in einer Landschaft aus Erdbeerfeldern. Die Bauern dort versorgten während des Tennisturniers in Wimbledon die Gäste mit frischen Beeren. Das war alte Tradition.

Er kam einigermaßen gut aus der Stadt heraus. Im Westen sah er die rote Färbung des Himmels. Die Sonne würde sich bald verabschieden, um der Dämmerung Platz zu schaffen, die sich über den Himmel schieben würde, um später von der Dunkelheit abgelöst zu werden.

Don fuhr entspannt. Um die Wagen, die ihn überholten, kümmerte er sich nicht. Andere Fahrer allerdings zeigten schon Interesse an ihm und seinem Fahrzeug, denn oft genug wurden er und der Spitfire angeschaut.

Alles lief eigentlich recht locker, und Don konnte mit sich und der Welt zufrieden sein, wäre da nicht dieses Gefühl der Vorahnung gewesen, das ihn urplötzlich überkam. Er nahm es wahr wie einen Stich im Kopf. Etwas stimmte nicht.

Er schaute in den Innenspiegel. Dort sah er seine obere Gesichtshälfte, doch ein drittes Auge auf seiner Stirn war nicht zu sehen. Irgendwie beruhigte ihn das, denn die bloßen Vorahnungen kannte er seit seiner Kindheit. Es würde etwas passieren, das stand für ihn fest. Oder es war schon etwas passiert, nur hatte sich ihm das noch nicht richtig offenbart.

Don hörte auf sein Gefühl. Er fuhr nicht langsamer, dafür aufmerksamer. Immer wieder und öfter als gewöhnlich schaute er in die verschiedenen Spiegel, um den Verkehr hinter sich zu beobachten.

Es waren einfach zu viele Autos unterwegs. Die Fahrer hatten die Scheinwerfer eingeschaltet. Don sah die hellen Kreise, mal klar, mal etwas verschwommen, und musste sich von dem Gedanken freimachen, dass ihm eine halbe Armee auf den Fersen war.

Jenseits der Abfahrt herrschte kaum noch Verkehr. Der Spitfire rollte über eine normale asphaltierte Straße, bis es in die Felder ging, in deren Nähe auch das Cottage lag, allerdings durch Niederwald und Buschwerk versteckt.

Autos überholten ihn. Er überholte ebenfalls und blieb schließlich auf der linken Seite, um in Richtung Richmond abzubiegen. Das wissende und zugleich ungute Gefühl hatte ihn nicht verlassen, doch in seiner Umgebung konnte er nichts Auffälliges ausmachen.

Bis zu dem Zeitpunkt, da er den Spitfire in die Kurve der Abfahrt lenkte. Zwei Scheinwerferpaare befanden sich in seinem Innenspiegel und blieben auch dort. Die beiden Wagen folgten ihm also.

Es konnte harmlos sein, vielleicht aber wurde er auch

verfolgt. Don wusste es nicht und war hin- und hergerissen. Zum Glück war es noch nicht allzu dunkel geworden, so konnte er die beiden Fahrzeuge erkennen. Zweimal die Marke Rover. Nur war ein Wagen hell, der zweite dunkel.

»Nun denn«, sagte Don und gab Gas. Der Spitfire war ein Kurvenflitzer, und auf dem ersten Teil der Strecke konnte er dies unter Beweis stellen.

Don verwandelte sich zwar nicht in einen Rennfahrer, viel fehlte allerdings nicht. Er war ein guter Autofahrer, der allerdings nie die Grenzen überschritt. Das tat er auch in diesem Fall nicht. Außerdem musste er auf den Gegenverkehr achten, denn wirklich einsam wurde die Gegend erst später.

Don sah die Erdbeerfelder vor sich. Sie lagen dort wie ein riesiger grüner Teppich. Bis zur Reife dauerte es noch ein paar Wochen.

Don schaute wieder in den Innenspiegel. Im Moment befand sich kein Wagen hinter ihm. Die beiden Rover hatten nicht mithalten können, und Don konnte sich ein listiges Lächeln nicht verkneifen. Beruhigt war er trotzdem nicht, denn das alarmierende Gefühl in seinem Kopf war geblieben. Ein Bild, das in die nahe Zukunft gewiesen hätte, bekam er jedoch nicht gezeigt.

Nicht mehr lange, und er musste auch diese Straße verlassen. Vor der Einmündung bremste er kurz ab. Er musste nach rechts, und dort änderte sich die Landschaft. Der Wald war bereits zu sehen, und Buschwerk zog sich über eine große Fläche hinweg.

Er musste durch den Wald fahren, um sein Ziel zu erreichen. Don gab Gas, wollte auf die neue Straße – und sah die beiden Rover im Innenspiegel auftauchen.

Sie rasten heran. Für Don stand fest, dass er ihr Ziel war.

Plötzlich hatten sie ihn erreicht. Sie nahmen keine Rücksicht auf die Breite der Straße. Rechts und links von ihm wollten sie vorbei. Auf dem brettflachen Gelände pflügten sie an den Seiten den Boden auf. Grasbüschel wurden emporgewirbelt, braune Erdstücke bildeten Klumpen, die ebenfalls hochgeschleudert wurden, und Harris hörte das Aufheulen der Motoren.

Er beschleunigte. Für einen Moment wurde er in den Sitz gepresst, sah aber noch kurz die Schatten an beiden Seiten des Spitfire. Die Gesichter der Fahrer konnte er allerdings nicht erkennen, dafür lief alles zu schnell ab.

Im nächsten Moment schien sich sein getunter Flitzer in eine Rakete zu verwandeln, und schlagartig blieben die Verfolger zurück. Für einen Moment leuchteten Dons Augen auf. Er genoss den Rausch der Geschwindigkeit, und er wusste sehr genau, was er sich auf dieser Strecke zutrauen konnte. Er kannte sie im Schlaf, die Verfolger nicht, und genau das war sein großer Vorteil. Er raste den beiden davon und wusste, dass er das Tempo kurz vor Erreichen des Waldstücks verringern musste. Da engte sich die Straße ein, und die Bäume wuchsen zu beiden Seiten direkt an den Asphalt heran.

Don lauschte dem Sound des Motors, der ihm immer besser gefiel. Seine Blicke waren nicht nur auf die Straße gerichtet, er schaute auch immer wieder in den Innen- und den rechten Rückspiegel.

Und er wurde langsamer.

Er kannte die Kurve vor dem Wald. Sie sah harmlos aus, aber sie war in Wirklichkeit verdammt eng. Um sie mit einer hohen Geschwindigkeit zu durchfahren, musste man schon enormes fahrerisches Können aufbieten, doch Don war kein Draufgänger. Vor Erreichen der Kurve nahm er das Gas zurück. Weniger Tempo war genau das Richtige.

Vor ihm erschien der Wald. Sein Rand rückte näher, umgab die Straße wie ein großes dunkles Tor. Auf dem Feld war es noch recht hell, im Wald schon nicht mehr, dort herrschte bereits die Dämmerung, und bis zum Einbruch der Dunkelheit war es auch nicht mehr weit.

Sie waren da! Urplötzlich!

Fernlicht traf den Spitfire von hinten. Don hatte das Gefühl, im Mittelpunkt eines grellen Teppichs zu sein. Die Rover-Fahrer dachten nicht im Traum daran, mit dem Tempo herunterzugehen. Sie wollten es wissen. Es musste ihnen verdammt viel daran liegen, Don ins Jenseits zu befördern.

Für einen Moment dachte er an die Höllensöhne. Der Killer, der sich James Fox genannt hatte, hatte diesen Begriff erwähnt, und Don fragte sich, ob die Verfolger zu dieser Gruppe gehörten.

Sie holten auf. Sie wollten es noch vor dem Wald schaffen. Dafür mussten sie alles auf eine Karte setzen.

Für Don stand ebenfalls viel auf dem Spiel. Ihre Taktik war klar. Er sollte in die Zange genommen und dann abgedrängt werden. Noch gab es rechts und links den nötigen Platz, um an dem Spitfire vorbeizuziehen, und Don

Harris tat nichts, um den Gegnern diesen Platz zu versperren. Im Gegenteil, er kam ihnen sogar entgegen, indem er vom Gas ging.

Sie waren da!

Links und rechts – zwei Raubtiere aus Blech. Dröhnende Motoren. Erde und Grasbüschel wurden in die Höhe gewirbelt und klatschten auch gegen den Spitfire, als die beiden Rover ihn überholten.

Sie mussten vorbei. Erst dann konnten sie die Zange schließen, und das würde alles verdammt knapp vor dem Wald passieren. Der eine Fahrer musste das Lenkrad nach links, der andere nach rechts drehen. Um nicht zu kollidieren, war Don gezwungen abzubremsen.

So dachten die beiden Rover-Fahrer. Aber sie kannten Don Harris und seinen getunten Spitfire nicht. Harris tat genau das Gegenteil von dem, was vernünftig gewesen wäre.

Er gab Gas und umklammerte dabei das Lenkrad so hart wie selten. Der rote Flitzer schoss vor, als wäre er mit einem Raketenantrieb ausgerüstet. Don hatte genau den richtigen Zeitpunkt erwischt. Er huschte im letzten Moment durch die Lücke. Für einen Augenblick glaubte er sogar abzuheben. Das war eine Täuschung, weil alles so schnell ging.

Er kam durch. Er schoss hinein in den Wald. Die Straße kam ihm noch schmaler vor als sonst, doch er behielt den Spitfire unter Kontrolle. Nichts versperrte mehr seine freie Fahrt nach vorn, aber es war nicht wichtig, was er dort sah, denn hinter ihm spielte die Musik.

Dort war ein wahrer Höllenreigen eröffnet worden.

Die Rover-Fahrer hatten sich einfach zu viel vorgenommen. Und sie mussten die Schrecksekunde überwinden, die eingetreten war, als Don ihnen davongeschossen war.

Eine kurze, für sie leider zu lange Zeit.

Die Straße verengte sich. Beide Wagen befanden sich mit je zwei Reifen außerhalb der Straße, und der Wald wich nicht vor ihnen zurück. In vollem Tempo rasten sie hinein.

Don bremste ab, nutzte dafür die Stotterbremse. Hinter sich hörte er Geräusche, die ihm die Nackenhaare zu Berge stehen ließen. Da wurde Metall zerdrückt und zersägt. Da platzte und splitterte Glas. Da wurden aus zwei Fahrzeugen Kunstwerke für den Schrottplatz. Bäume sind immer härter als Autos. Sie können knicken, doch meist halten sie stand.

So war es auch hier. Die dicken Baumstämme waren wie urweltliche Riesen, die nichts erschüttern konnte und die um keinen Millimeter nachgaben.

Don Harris stieg aus. Er schaute zurück und damit aus der Dämmerung, in der er stand, ins Helle. Trotzdem erkannte er, was passiert war. Beide Fahrzeuge waren an zwei verschiedenen Seiten gegen die Laubbäume gerammt und hatten sich durch die eigene Wucht sogar in den Zwischenräumen verkeilt. Noch jetzt brachen und knisterten sie nach. In diesen deformierten Gebilden gab es für einen Menschen kaum eine Überlebenschance.

Aber auch Tote können Auskunft geben; Don hoffte darauf, bei den Fahrern irgendwelche Papiere oder andere Spuren zu finden.

Aber das Schicksal war diesmal gegen ihn.

Was er befürchtet hatte, trat ein.

Beide Fahrzeuge fingen Feuer!

Es ging blitzschnell. Nicht einmal mit kleinen zuckenden Flammen fing es an. Urplötzlich war die Feuerlohe da. Das auslaufende Benzin hatte sich entzündet, und Don stolperte unwillkürlich nach hinten. Er hob sogar die Arme vors Gesicht, als ihn die erste heiße Glutwelle erreichte.

Zwei Feuerbälle glühten auf, die schwarzen Rauch aussandten. Die Flammen würden weit zu sehen sein, und Don war sicher, dass sehr bald die Feuerwehr eintreffen würde.

Der stinkende Rauch wehte ihm wie ein fauliger Atem aus einer alten Gruft entgegen. Wäre es heißer Sommer gewesen, dann hätte vielleicht auch der Wald Feuer gefangen. Aber es hatte in den letzten Nächten geregnet, und so blieb der Wald von einem Brand verschont.

Die Identifizierung der beiden Männer konnte er vergessen. Sie würden vollständig verbrennen. Er hatte keine Schreie gehört, also waren sie wahrscheinlich schon tot gewesen, bevor die Wagen explodiert waren. Bei dem Aufprall kein Wunder.

Aber warum hatten sie ihn verfolgt? Wer trug dafür die Verantwortung? Wer hatte sie losgeschickt und sie Don Harris auf den Hals gehetzt?

Don wusste es nicht. Er hatte einen Verdacht, denn er dachte an die Blondine, mit der er sich für den folgenden Abend verabredet hatte und deren Namen er nicht mal wusste.

Er fluchte vor sich hin, als er in seinen Wagen stieg. Inzwischen konnte er keinem Menschen mehr trauen. Er hatte den Eindruck, dass sich das Netz um ihn herum immer enger zog.

Er warf einen Blick zurück und stellte fest, dass die Flammen bereits zusammengesunken waren, da sie keine neue Nahrung mehr fanden. Nur der ätzende schwarze Rauch wehte von den glühenden Wracks her in den Wald.

Es war wieder recht still geworden, sodass er das Heulen der Sirenen in der Ferne hörte. Die Jungs von der Feuerwehr waren schnell. Er würde noch schneller sein. Sie sollten ihn nicht antreffen. Er wollte in diesen »Unfall« nicht hineingezogen werden. Es war immer besser, im Hintergrund zu bleiben.

Er stieg in den Spitfire und fuhr davon. Es gab Zeiten, da hatte er sich an dieser durch den Wald führenden Strecke erfreut. Das war nicht mehr der Fall. Wieder einmal war ihm bewiesen worden, wie rücksichtslos seine Gegner waren …

Don Harris war an dem Cottage vorbeigefahren. Er hatte so gut wie möglich geschaut, ob sich außen etwas verändert hatte. Etwas Verdächtiges war ihm nicht aufgefallen. Doch so gern er in diesem kleinen Cottage die Nacht verbracht hätte, er ließ es bleiben. Auf einem Umweg fuhr er zurück nach London und entschied sich, in seinem Apartment zu bleiben.

Ruhe würde er kaum finden. Danach stand ihm im Moment auch nicht der Sinn, als er die Miniwohnung sehr vorsichtig betrat.

Die Entspannung folgte wenige Sekunden später. Niemand hatte seine Wohnung betreten, um ihm aufzulauern. Auch war das kleine Apartment nicht durchsucht worden.

Don stellte die Kaffeemaschine an und ließ sich in einen Sessel fallen. Das Sitzmöbel stand so, dass er aus dem Fenster schauen konnte, denn die Scheibe zog sich fast bis zum Boden hin. Über London lag die Dunkelheit, in der hin und wieder das Licht der Sterne schimmerte.

Don stand auf, als die Kaffeemaschine nach einem letzten heiseren Röcheln verstummte. Mit der gefüllten Tasse kehrte er wieder an seinen Platz zurück. Zuvor hatte er die Tür der in den Schrank eingebauten Küche wieder verschlossen.

»Was kommt da auf mich zu?«

Niemand war da, der Don Harris eine Antwort auf seine gemurmelte Frage hätte geben können …

9

Glatte Fassaden, Fenster, Stahl, Beton – das alles fehlte, denn die Zentrale der ESI lag in einer Villa aus spätviktorianischer Zeit, auf einem Grundstück, das fast wie ein kleiner Park wirkte.

Don Harris blickte durch sein Bürofenster auf die Natur, erfreute sich an deren Anblick und konnte auch einen Teil des Himmels sehen, wenn er den Kopf ein wenig zur Seite drehte.

Betrat ein Fremder das Gebäude, wäre er kaum auf die Idee gekommen, in einer Geheimdienstzentrale zu stehen. Offiziell befanden sich in der Villa ein kleiner Verlag und eine Außenabteilung der Europäischen Union, und zudem lag das Herz der ESI-Zentrale in der Tiefe, in einem zur Sicherheitszone ausgebauten Keller. Dort wollten sich Don und Mac Sterling treffen. Als Ausbilder hatte auch Silver Zutritt in die geheime Welt.

Don hatte auch das Date mit der Blonden wahrnehmen wollen. Er glaubte fest daran, dass sie irgendwie mit dem Anschlag auf ihn zu tun hatte, auch wenn die Hintergründe weiterhin im Verborgenen lagen.

Die Blonde war nicht erschienen, und das bestätigte Don in seinem Verdacht. Er hatte nicht allzu lange gewartet. Fünfzehn Minuten hatte er ihr gegeben, dann war er davongezogen. Seine Vorahnungen hatten sich leider nicht gemeldet. Er hätte sie gut gebrauchen können.

Mit einem leicht angefrusteten Gefühl war er zur Zentrale gefahren. Er würde sich weiterhin mit James Fox beschäftigen müssen. Der war nach wie vor die einzige Spur, die allerdings auf Grund seiner geistigen Verwirrung abgebrochen war und erst wieder aufgenommen werden musste.

In der Villa waren die Kameras nicht auszumachen, doch Don wusste, dass sie vorhanden waren. Sehr klein und versteckt angebracht, beobachteten sie jeden, der das Haus betrat oder sich auf den Korridoren aufhielt.

Don Harris hatte die Zeit genutzt, die er durch das Wegbleiben der Blonden gewonnen hatte, um ein wenig Papierkram zu erledigen. Als es an der Zeit war, verließ er sein Büro und betrat einen Lift, der ihn in den Keller brachte. Dessen Betonwände wiesen den Charme einer Regennacht auf. Don ließ die Sicherheitskontrollen hinter sich und gelangte in das Herz der Firma.

Sein ehemaliger Ausbilder war bereits eingetroffen. Mac hatte es wohl nicht erwarten können. Seine Stimme klang Don entgegen. Er befand sich bei einem Mitarbeiter in dessen Büro, und Don hörte auch das Lachen seines alten väterlichen Freundes.

Ein Kollege von der Nachtschicht saß mit Silver zusammen. Beide tranken Kaffee, und Don wurde von beiden begrüßt wie jemand, der sich lange nicht mehr hatte blicken lassen.

Silver übernahm wie üblich das Kommando. »Setz dich, Don! Lass uns einen Kaffee trinken!«

Harris nickte. Er begrüßte den Kollegen mit Handschlag. Der Mann hieß Wayne Blaidell und war Experte für Codierung und Dechiffrierung. Ein blasser Mensch mit tief in den Höhlen liegenden Augen und mit seinen Gedanken eigentlich immer woanders. Das stellte man spätestens dann fest, wenn man sich mit ihm über private Dinge unterhielt, denn dann war er selten bei der Sache.

Auch jetzt wollte er sich verziehen, blieb allerdings noch, wenn auch aus reiner Höflichkeit. Mit seiner typisch leisen Stimme erkundigte er sich, ob er noch gebraucht wurde.

»Nein, Wayne, Sie können gehen«, sagte Silver gönnerhaft. »Wir brauchen Sie nicht – und wenn doch, werden wir Sie rufen.«

Blaidell nickte ihm dankbar zu. Er wünschte noch gutes Gelingen und verschwand aus dem eigenen Büro.

Mac Sterling konnte sich das Lachen nicht verkneifen. »Der ist immer noch so trocken wie früher.«

»Manche ändern sich eben nie.«

»Und weißt du, was mir noch aufgefallen ist?«

»Du wirst es mir sagen.«

»Klar, Don. Der Typ ist einfach nicht älter geworden. Komisch, aber so ist es.«

»Das kommt dir nur so vor.«

»Mag sein, aber ich habe zumindest das Gefühl, dass dem so ist.« Silver reckte sich. Seine Augen funkelten. »Es macht richtig Spaß, mit dir zu arbeiten. Fast wie in alten Zeiten, Don.«

»Nun ja, noch stehen wir am Anfang. Obwohl schon einiges passiert ist.«

Silver runzelte die Stirn. »Was ist denn noch geschehen?«, fragte er neugierig. »Etwas, von dem ich noch nichts weiß?«

»Wir haben gestern Abend darüber gesprochen.«

Sterling winkte ab. »Ja, ja, davon habe ich nichts vergessen. Ich dachte nur …« Er verstummte, nuckelte an seinem Kaffee und erkundigte sich dann, ob Don die Nacht gut verbracht hatte.

»Ich kann nicht klagen.«

»Okay, dann lass uns mal an die Arbeit gehen, mein Junge.«

Don hatte Silver eigentlich über den Überfall am vergangenen Abend unterrichten wollen, aber aus irgendeinem ihm nicht erklärbaren Grund scheute er davor zurück.

Sie verließen das Büro und tauchten ein in die Welt der Elektronik und Information. Hier liefen die Fäden zusammen. Hier wurden Nachrichten ausgewertet. Von hier aus hielt man Kontakt mit den Agenten in aller Welt und fasste deren Aussagen zu Berichten zusammen. Wichtiges wurde von Unwichtigem getrennt. Viele Berichte wurden auch den zuständigen Politikern zugeführt, damit sie auf Grundlage dieser wichtigen Informationen entsprechende Entscheidungen fällen konnten.

Im Kampf gegen den Terror war die ESI zu einer starken Komponente geworden, obwohl sich die Zusammenarbeit mit anderen europäischen Geheimdiensten im Wesentlichen auf Informationsaustausch beschränkte. In der ganzen Welt herrschte Chaos. Europa wurde bedroht. Manche sprachen von einem neuen Kreuzzug, allerdings in die entgegengesetzte Richtung, und es meldeten sich immer mehr Stimmen, die auf die alten Prophezeiungen des Nostradamus hinwiesen, der vor einer Gefahr aus dem Orient gewarnt hatte.

Daran dachte der Psycho-Cop nicht. Seine Gedanken drehten sich um den Begriff »Höllensöhne«, den James Fox noch kurz vor seiner Veränderung genannt hatte. Für Don stand fest, dass sie eine wichtige Rolle spielten, doch bisher hatte er sich wenig darum kümmern können. Das wollte er an diesem Abend nachholen.

Zusammen mit Mac Silver betrat er einen Raum, in dem mehrere Personen vor ihren Computern saßen, Nachrichten verschickten oder versuchten, sich in andere Programme einzuloggen, indem sie Passwörter und Zugangscodes knackten. Nicht alle Arbeitsplätze waren besetzt. Es gab noch zwei freie Computer. An einem nahm Harris Platz.

Sterling holte sich einen Stuhl. »So, und jetzt verrate mir mal, wie du die Dinge angehen willst.«

»Fox hat nicht auf eigene Rechnung gearbeitet«, sagte Harris, »so viel steht für mich fest.«

Silver nickte. »Davon gehe ich auch aus.«

»Ich habe heute so einiges in Erfahrung gebracht.«

»He.« Don erhielt einen Schlag gegen die Schulter. »Und davon hast du mir nichts gesagt?«

»Du weißt es jetzt.«

»All right.«

Don roch wieder Silvers Rasierwasser, als sich Sterling an seiner rechten Seite vorbeugte. »Was hast du denn herausgefunden?«

»Zunächst mal: Ich lag voll und ganz richtig mit der Annahme, dass James Fox nicht der richtige Name des Mannes ist, der Nancy Goldman ermordete«, erklärte Harris. »In Edinburgh leben zwar drei Männer mit dem Namen James Fox, aber der eine ist ein Rentner, der andere ist gerade sechzehn geworden, und der dritte sitzt im Rollstuhl. Alle wurden befragt, und keiner von ihnen kennt einen James Fox, auf den die Beschreibung unseres Mannes passt. Er hatte einen Personalausweis bei sich und einen Reisepass, beide auf den Namen James Fox und mit seinem Foto. Beides erstklassige Fälschungen, absolute Profiarbeit. Chief Sheridan lässt jetzt überprüfen, ob unser Mann vielleicht ein Profikiller war, der schon vorher in Erscheinung trat.«

»Sehr professionell hat er sich aber nicht angestellt«, war Silvers Kommentar.

Don Harris ging nicht darauf ein. »Man hat ein Handy bei ihm gefunden. Das Ding wurde vor zwei Wochen in London geklaut. Wahrscheinlich hat er es über einen Hehler bekommen. Er selbst hat damit nur zwei Telefonate geführt, und jedes Mal rief er ein und denselben Anschluss an.«

»Hört sich gut an.«

»Ist auch gut. Die Nummer gehört einem gewissen Archie Ramsey, einem Anwalt.«

»Das bedeutet Licht, Junge.«

Don schüttelte den Kopf. »Das hätte es bedeuten können. Leider ist dieser Ramsey tot.«

»Ach, dann hat dich die Telefonnummer also nicht weitergebracht.«

»Nun, ich sehe das anders. Ramsey ist erst vor kurzem verstorben. Angeblich an einem Herzschlag. Das ist schon ungewöhnlich, nicht wahr?«

»Und ob. Wie ich dich kenne, willst du jetzt mehr über diesen Ramsey herausfinden. Oder hast du dich schon über ihn kundig gemacht?«

»Das habe ich noch nicht. Auch Terry konnte mir nicht helfen. Ramsey ist angeblich durch einen normalen Herzschlag ums Leben gekommen. Es gab also keinen Grund für die Polizei, sich einzumischen.«

Mac Sterling konnte sich ein Grinsen nicht verkneifen. Er erklärte, dass verdammt viele Menschen, die angeblich einen Herzschlag erlitten, auf ganz andere Weise ums Leben kamen. Nur allzu häufig kamen Mörder – insbesondere Erbschleicher – ungeschoren davon, weil irgendein Arzt allzu bereitwillig einen Totenschein ausstellte.

Harris nickte grimmig. »Ich weiß, Mac.«

In der folgenden Zeit kümmerten sich die beiden Männer um die Webseite des Anwalts. Im Netz waren er und seine Kanzlei gut präsentiert. Wer der Reklame glauben wollte, musste ihn für einen der besten Anwälte Londons halten.

»Bescheiden war er nicht eben«, murmelte Don.

»Du sagst es.«

Don lehnte sich zurück und wandte seinem väterlichen Freund das Gesicht zu. »Hör mal, Mac, du bist doch jemand, der Land und Leute kennt. Sagt dir der Name Archie Ramsey nichts?«

Silver verzog die Lippen zu einem breiten Lächeln. »Gratuliere zu deiner Menschenkenntnis.«

»Wieso?«

»Dir bleibt nichts verborgen. Und du hast Recht, mein Freund. Ja, ich kenne den Namen Archie Ramsey. Als Anwalt hat er ... sorry, *hatte* er einen guten Ruf. Allerdings in ganz speziellen Kreisen. Er hat zahlreiche Prozesse in Wirtschaftsstrafsachen gewonnen.«

»Das heißt, er hatte perfekte Verbindungen nach oben, richtig?«

»Nach ganz oben, Don.«

»Und jetzt ist er tot.« Don Harris nickte und flüsterte: »Warum ist er gestorben?«

»Tja, Herzschlag.«

»Glaubst du das?«

»Nein, ehrlich gesagt nicht.«

»Ich auch nicht.«

Das Thema war beendet.

Don forschte weiter im Internet, doch nichts wies auf eine Verbindung zwischen Archie Ramsey und dem Killer hin, der als James Fox aufgetreten war.

Beide – Don und Silver – sahen ein, dass ihre Recherche ein Schuss in den Ofen war. Aber damit hatte Don Harris schon fast gerechnet.

»Schade«, sagte Silver. »Die Zeit hätten wir auch in einem Pub verbringen können.«

»He, seit wann bist du Trinker?«

»Davon habe ich nichts gesagt. In meinem Alter sucht man hin und wieder ein wenig Entspannung.«

Don grinste. »Und es bleibt nur beim Whisky?«

»Meistens.« Silver erwiderte das Grinsen. »Ab und zu kommt es auch zu einer netten Bekanntschaft.«

»Einer weiblichen, nehme ich an.«

»Genau.« Sterling lächelte und drehte sich auf dem Stuhl. Er wirkte plötzlich gelangweilt, was Don Harris verstehen konnte, denn er hatte mit diesem Fall im Prinzip nichts zu tun. Er war nur von Don hereingeholt worden, denn ansonsten kümmerte er sich um ganz andere Dinge.

»Wenn du willst, kannst du auf die Piste gehen, Mac.«

»Und du?«

»Ich bleibe noch.«

Sterling verzog die Lippen. »Gefällt es dir hier so gut?«

»Na, das nicht. Aber ich will noch in mein Büro, um etwas nachzudenken. Die letzten Ereignisse haben mich doch ziemlich durcheinandergebracht. Da muss ich in mich gehen, und das in aller Ruhe.«

»Wie du willst.«

Don schaltete den Computer aus und erhob sich. Silver war schon bei der Tür. Er erzählte einem der hier arbeitenden Männer einen Witz, und beide lachten über die Pointe.

»Du bleibst dabei und willst in dein Büro?«, fragte er Don, als dieser bei ihm stand.

»Ja.«

»Gut.«

Don brachte Mac Sterling noch bis zur Haustür der Villa und sah ihn dann in der Dunkelheit verschwinden.

Anschließend zog er sich in sein Büro zurück. Er blieb vor dem Fenster stehen und schaute in den dunklen Park der Villa. Seine Hände steckten in den Taschen der Feincordhose, und er stand da wie eine Statue.

Sein Blick war in die Ferne gerichtet, und er dachte an sein drittes Auge, das sich in diesen Momenten allerdings nicht auf seiner Stirn abzeichnete, sonst hätte er es in der Scheibe gesehen.

Und ihm fiel die ungewöhnliche Begegnung mit der geheimnisvollen Elektra wieder ein. Sie hatte ihm nur wenig gesagt, aber das Wenige hatte gereicht, um bei ihm Neugierde zu wecken und auch eine gewisse Spannung, was die Zukunft für ihn bringen würde.

Er schob die Erinnerung an Elektra beiseite und konzentrierte sich wieder auf den Begriff »Höllensöhne«. Wer waren sie? Hatte James Fox diesen Begriff einfach nur so geäußert, um etwas zu sagen? Hatte er den Begriff vielleicht nur als Schimpfwort verwenden wollen – Hundesöhne, Hurensöhne, Höllensöhne? Oder steckte wirklich mehr dahinter?

Bisher war Don Harris noch nicht dazu gekommen, den Begriff im Internet zu checken. Im Netz fand man verdammt viel, auch wenn man gewisse Begriffe erst suchen musste und eine große Kreativität brauchte.

Er verließ seinen Platz am Fenster, ließ sich im Chefsessel hinter seinem Schreibtisch nieder und fuhr seinen Laptop hoch.

Er gab den Begriff »Höllensöhne« ein. Und die Suchmaschine meldete ihm eine Unzahl von Einträgen. Er gab einen zweiten Suchbegriff hinzu: »London«. Auch hier waren die Einträge so zahlreich, dass er den Überblick verlor. Er tauschte den zweiten Begriff aus mit »Organisation«. Tatsächlich meldete die Suchmaschine daraufhin eine überschaubare Anzahl von Gruppierungen, die sich als »Höllensöhne« bezeichneten, und eine dieser Gruppierungen hatte ihren Sitz sogar in London. Es handelte sich um einen Horror-Fanclub.

Don lachte. Es wäre auch zu schön gewesen!

Er gab ähnliche Begriffe ein wie »Teufelssöhne« oder »Höllendiener«. Bei den »Teufelssöhnen« stieß er auf eine Gruppe von Spinnern, die schwarze Messen feierten und jeden dazu einluden. Auch eine Abbildung war zu sehen. Da umstanden mehrere Menschen – Frauen und Männer – einen Altar. Auf ihm lag ein geschlachteter Hahn. Man hatte ihm den Kopf abgeschlagen und ließ ihn ausbluten. Die Körper der Anwesenden waren nackt, nur die Gesichter waren verdeckt, und zwar mit Teufelsmasken.

Don schüttelte den Kopf. Diese Gruppe hatte mit den Höllensöhnen, die er suchte, nichts zu schaffen. Das waren Spinner, die ihren eigenen Weg gingen. Er würde Terry Sheridan auf sie aufmerksam machen, für den Fall, dass da etwas ablief, das für Unschuldige oder Unbeteiligte gefährlich werden konnte.

Er gab den Versuch auf, im Internet etwas über die Höllensöhne in Erfahrung zu bringen. Sein Instinkt sagte ihm, dass an die Gruppe so leicht nicht heranzukommen war. Seiner Überzeugung nach handelte es sich um eine Geheimgesellschaft, einen Orden der Finsternis, der über große Macht verfügte und im Verborgenen tätig war, sodass er in der Öffentlichkeit zwar nicht in Erscheinung trat, trotzdem aber auf das öffentliche Leben Einfluss nahm.

Sich mit so einem Geheimbund anzulegen war alles

andere als ein Zuckerschlecken. Das hatte Don auch schon zu spüren bekommen. Die Mordanschläge auf ihn waren Warnung genug. Und da war auch noch immer der ungeklärte Mord an Nancy Goldman. Er wusste noch immer nicht, was sie mit der ganzen Sache zu tun gehabt hatte und warum sie hatte sterben müssen.

Mit ihrer Ermordung und mit dem Tod seines Vaters hatte alles begonnen. Don bekam eine Gänsehaut, wenn er daran dachte, dass sein Vater womöglich mit den Höllensöhnen in Verbindung gestanden oder zumindest mehr über sie gewusst hatte.

Und welche Rolle spielte die geheimnisvolle Elektra dabei? Darüber war sich Don ebenfalls nicht im Klaren. Nur glaubte er, dass sie nicht zu diesem Club gehörte, denn von Höllentöchtern war ja nicht die Rede.

In dieser Nacht würde er die Lösung nicht finden. Er wollte auch nichts überstürzen und musste Schritt für Schritt vorgehen.

Der Plan für den nächsten Tag stand fest. Auch wenn dieser Anwalt, dieser Archie Ramsey, nicht mehr unter den Lebenden weilte – Don wollte sein Büro trotzdem aufsuchen …

10

Das Haus am Piccadilly gehörte zu den alten und ehrwürdigen Gebäuden. Es atmete förmlich Geschichte aus, doch im Innern war es modern. Das galt zumindest für die Büroräume des Anwalts, die Don betreten hatte. Er fand sich in einem Vorzimmer wieder, sah zwei Schreibtische und entdeckte eine gepolsterte Tür, die offen stand und wohl zum Büro des Anwalts führte.

Aus dem Raum dahinter hörte er Geräusche. Eine Frau sprach leise mit sich selbst. Hin und wieder erklang ein Klatschen, als wäre sie dabei, irgendwelche Akten anzulegen.

Über den Teppich, in dem die chinesische Seide einen leichten Glanz erzeugte, bewegte er sich lautlos auf die offene Tür zu, die nicht bis zum Anschlag geöffnet war. Doch auch so konnte er seinen Blick durch das große Büro schweifen lassen, in dem wohl nicht nur gearbeitet wurde, denn zwischen den beiden Fenstern stand eine italienische Designercouch, die mit weißem Leder bezogen war.

Davor stand ein Glastisch. Seine vier Füße waren ebenfalls weiß, wie auch die vier Metallseiten des Tisches, die die Platte hielten.

Vor dem Tisch und mit dem Rücken zu ihm stand eine

dunkelhaarige Frau, die ein lindgrünes Kostüm trug. Sie hielt einen kleinen Stapel Schnellhefter in den Händen, die sie der Reihe nach aufschlug, kurz hineinschaute und sie dann auf den Tisch fallen ließ, was das klatschende Geräusch erzeugte.

Da Don noch nicht bemerkt worden war, ließ er sich Zeit. Rechts von ihm und in der Mitte des Büros hatte der große Schreibtisch aus Mahagoni seinen Platz gefunden. Er sah sehr aufgeräumt aus, der Laptop darauf war zusammengeklappt.

An den Wänden fielen die Einbauschränke auf, ebenfalls aus Mahagoni. Der Anstrich unter der Decke war in einem sanften Gelb gehalten. Auch im Büro bedeckte ein teurer Teppich den Boden, und erneut fiel Don Harris der seidige Glanz auf.

Wieder klatschte ein Schnellhefter auf den Stapel. Bevor die Frau den nächsten aufschlagen konnte, machte sich Don Harris durch ein halblautes Räuspern bemerkbar.

Zuerst geschah nichts. Er sah nur, dass die Frau sich versteifte.

»Bitte, Sie brauchen keine Angst zu haben. Die Tür zu Ihrem Büro war nicht verschlossen und …«

Die Frau fuhr herum, und zwar so heftig, dass ihr die übrigen Schnellhefter vom angewinkelten Arm rutschten.

»Was wollen Sie?«

»Ich wollte zu einem Anwalt.«

Die Frau holte tief Luft. Sie war ungefähr dreißig Jahre alt. Ihr war anzusehen, dass sie geweint hatte. Die Augen waren verquollen, die Wimperntusche verlaufen. Schließlich schüttelte sie den Kopf. »Es gibt hier keinen Anwalt mehr.«

»Wieso? Ich …«

»Mr Ramsey ist vor kurzem verstorben.«

Don Harris riss die Augen auf. Wenn es darauf ankam, konnte er ein guter Schauspieler sein. »Nein, das sagen Sie nur so. Das glaube ich Ihnen nicht.«

»Denken Sie denn, dass ich zum Vergnügen hier stehe?«, fuhr ihn die Frau an.

»Nein, nein, aber …«

»Ich war seine Sekretärin und …«

»Sie heißen Elly Dawson, richtig?«

»Ja. Woher wissen Sie das?«

Don lächelte vor seiner Antwort. »Das kleine Schild auf Ihrem Schreibtisch im Vorzimmer. Ihr Name stand darauf.«

»Nun gut. Jetzt wissen Sie Bescheid. Gehen Sie!«

Genau das tat Don Harris nicht. »Pardon, Miss Dawson, Sie werden sicherlich verstehen, dass ich nicht hergekommen bin, um sang- und klanglos zu verschwinden. Noch vor einigen Tagen hat man mir Ihren Chef sehr ans Herz gelegt. Und plötzlich soll er tot sein?«

»Ja.«

»Wurde er umgebracht?«

»Nein.« Sie musterte ihn misstrauisch. »Wie kommen Sie denn darauf?«

»Anwälte leben manchmal sehr gefährlich«, erklärte Don und lächelte erneut.

»Nicht Mr Ramsey. Es tut mir leid, aber Sie müssen

sich schon einen anderen Anwalt suchen. Und jetzt gehen Sie bitte. Ich habe zu tun.«

»Keine Chance?«

Elly Dawson schüttelte den Kopf. »Was soll die Frage?«

»Vielleicht können Sie mir einen Kollegen empfehlen.«

Die Sekretärin lachte ihn hart an. »Den müssen Sie sich schon selbst suchen.«

Don zuckte ergeben mit den Schultern. »Tja, wenn das so ist, bleibt mir wohl nichts anderes übrig.«

»Genau das meine ich auch.«

Don blieb weiterhin bei seinem schüchtern-höflichen Verhalten. »Dann alles Gute auch für Sie.«

»Danke, ich komme schon zurecht.«

Harris wusste, dass er aus dieser Frau nichts mehr herausbekommen würde. Aber er gab nicht so leicht auf und sagte: »Eine letzte Frage habe ich noch, wenn Sie gestatten.«

Sie holte schon Luft, um abzulehnen, doch Don war schneller. »Sagt Ihnen der Name James Fox etwas?«

Ein kurzes Zögern. Sie stieß die Luft durch die Nase aus. Dann schüttelte sie heftig den Kopf. »Nein, der Name sagt mir nichts. Und selbst wenn er mir etwas sagen würde, ich würde mit Ihnen nicht darüber reden. Für mich gilt nach wie vor die Schweigepflicht.«

»Ja, das hatte ich mir gedacht. Es war nur ein Versuch. Entschuldigen Sie bitte.«

Elly Dawson sagte nichts mehr. Ihr scharfer Blick allerdings sagte alles: Sie hätte Don am liebsten aus dem Büro geschmissen. Das war jedoch nicht nötig. Er drehte sich um und ging.

Im Vorzimmer ließ er unauffällig seine Blicke schweifen. Er suchte nach einem Hinweis, der ihm weiterhelfen könnte. Er entdeckte allerdings nichts – bis auf den flachen Schlüssel, der auf der Tischplatte lag. Don warf einen schnellen Blick auf die Tür zur Kanzlei und auf das Schloss. Dieser Schlüssel schien genau zu passen.

Eine rasche Handbewegung, dann lag der Schlüssel nicht mehr auf der Schreibtischplatte, sondern steckte in Dons Jackentasche. Seine Lippen umspielte ein Lächeln, als er die Kanzlei verließ. Er hatte zwar nichts Neues erfahren, aber er hatte auch nur an der Oberfläche gekratzt, und er war fest davon überzeugt, dass sich darunter noch einige Überraschungen verbargen …

Don Harris erging es wie vielen Menschen: Manchmal vergeht die Zeit ungeheuer schnell, da rennt sie einem nur so davon, dann wiederum zieht sie sich in die Länge wie Kaugummi.

Don hatte seinen Plan. Mit dem gestohlenen Schlüssel würde es ihm ein Leichtes sein, in die Kanzlei einzudringen. Es sei denn, es gab noch andere Sicherheitsmaßnahmen. Sollte das tatsächlich der Fall sein, würde sich Don umstellen müssen. Das war er gewohnt, da würde er keine Probleme haben.

In der dunklen Kleidung, die er angezogen hatte – abgesehen von der braunen Lederjacke –, kam sich Harris vor wie ein Einbrecher. Und das nicht ganz zu Unrecht, denn sein Vorgehen wurde von der ESI nicht gedeckt; dieser Fall war eine persönliche Angelegenheit, und er wollte weiter daran arbeiten.

Zuerst musste er ins Gebäude gelangen. Darin sah er kein Problem: In dem alten Haus hatten mehrere Firmen ihren Sitz, und da der Abend noch nicht weit vorgeschritten war, ging er davon aus, dass in vielen der Büros noch gearbeitet wurde und die große Eingangstür mit dem Doppelflügel nicht verschlossen war. Das traf zu.

Als zwei Männer das Haus verließen, die aussahen wie Banker, huschte Don ihnen entgegen und grüßte kurz durch ein Nicken, was die Männer nicht zur Kenntnis nahmen. Ebenso wenig kümmerten sie sich darum, dass Don seinen rechten Arm ausstreckte und den rechten der beiden Türflügel noch gerade stoppen konnte, bevor er ins Schloss fiel.

Das Lächeln auf seinen Lippen war echt, als Don mit einem langen Schritt die Schwelle übertrat. Es zerbrach allerdings sehr schnell, denn jetzt wurde es ernst.

Don wusste, wie das Procedere in Häusern wie diesem ablief. Brach der Abend an, traten Sicherheitsleute ihren Dienst an. Er ging davon aus, dass man sich in diesem Haus nicht mit einem Mann begnügte, der in bestimmten Abständen seine Runden ging. Es waren bestimmt zwei oder mehr, die durch die Gänge patrouillierten. Die Stadt und ihre Einwohner befanden sich durch die Anschläge vom 7. Juli 2005 noch immer in einer gewissen Alarmbereitschaft, und die Sicherheitsmaßnahmen in vielen Firmengebäuden waren entsprechend verstärkt worden. Manche wurden durch Kameras überwacht, Security Services waren verstärkt worden, und diesen Männern wollte Don nicht unbedingt in die Arme laufen.

Im unteren Bereich hielt sich niemand auf. Das war

schon ein großes Glück. Den Lift ließ Don links liegen; bis zur ersten Etage konnte er locker laufen.

Es war auch am Morgen nicht laut in diesem großen Haus gewesen, doch nun empfand Don die Stille fast als bedrückend. Mit schnellen Schritten eilte er auf die gewundene Marmortreppe zu, die erst in der letzten, der fünften Etage endete. Er lief an der Wand entlang und berührte das perfekt gedrechselte Geländer nicht. Fingerabdrücke wollte er so wenig wie möglich hinterlassen, denn noch trug er keine Handschuhe, was seiner Meinung nach zu auffällig gewesen wäre.

Der Klang von Stimmen erreichte ihn von unten. Zwei Menschen waren aus dem Fahrstuhl gestiegen und gingen auf den Ausgang zu. Ihren Schritten nach mussten es Frauen sein, denn Don hörte das Trippeln hoher Absätze.

Er erreichte die erste Etage. Auch hier blieb er vorsichtig. Er trat noch nicht in den breiten Flur, sondern lugte um die Ecke. Das Licht war gedimmt. Dennoch war es hell genug, um den Mann in der blauen Uniform auszumachen. Er stand an der Tür zur Kanzlei, als wäre er dort als Wachtposten abgestellt worden.

Don verzog das Gesicht. Diese Sekretärin hatte die Security alarmiert, nachdem ihr der Verlust des Schlüssels aufgefallen war. Sie hatte jemand vom Sicherheitsdienst kontaktiert, der nun die Tür bewachte, was Don Harris überhaupt nicht gefiel. Er hatte gewaltlos in die Kanzlei gelangen wollen, doch wenn ihn der Mann sah, würde es Ärger geben.

Was tun? Don überlegte scharf. Er wollte vermeiden,

dass der Mann später eine Beschreibung von ihm abgeben konnte. Deshalb musste er zu einem Trick greifen.

Wenn er es schaffte, den Aufpasser in seine Richtung zu locken, war das die halbe Miete.

Er schaute noch mal hin. Der Mann stand nach wie vor an der Tür und schaute weder nach links noch nach rechts. In dieser steifen Haltung hätte er auch am Buckingham-Palast Wache halten können.

Don ließ eine halbe Minute verstreichen. Mit einem Auge lugte er noch mal um die Ecke. Der Aufpasser bewegte sich nicht vom Fleck.

Don versuchte es. Es kam darauf an, wie gut dieser Mensch ausgebildet worden war und ob er unter Umständen die Falle roch.

Don hüstelte. Erst leise, dann etwas lauter, und das Hüsteln verwandelte sich in ein Stöhnen. Er wusste nicht, wie der Security-Mann reagieren würde, doch er brauchte nicht um die Ecke zu schauen, um zu erkennen, was der Mann tat, denn wenn er sich der Ecke näherte, würde er dessen Schatten an der Wand sehen.

Don hörte seine Schritte und seinen fragenden Ruf: »Ist da jemand?«

Don lächelte nur, griff vorsichtig in seine Jackentasche und holte sehr dünne Lederhandschuhe hervor, die er sich überstreifte. Wenn er das Büro des Anwalts betrat, wollte er dort keine Fingerabdrücke hinterlassen. Seine Prints waren zwar nicht bei der Polizei gespeichert, wohl aber bei der ESI, und seine Vorgesetzten brauchten von seinem abendlichen Treiben in diesem Haus nicht unbedingt etwas zu erfahren.

An der Wand wanderte der Schatten des Mannes weiter. Don konnte sich leicht ausrechnen, wann es so weit war, dass er handeln musste.

Im nächsten Augenblick erschien die Gestalt des Uniformierten kurz vor der ersten Treppenstufe, auf der Don verharrte.

Danach lief alles blitzschnell ab. Er jagte wie ein Phantom auf den Wächter zu, der noch dazu kam, seine Augen aufzureißen. Mehr war ihm nicht möglich.

Dons Handkante fuhr wie eine Sichel durch die Luft. Sein Ausbilder Silver hatte ihm beigebracht, wie und wohin man schlagen musste, um einen Menschen außer Gefecht zu setzen, ohne ihn ernsthaft zu verletzen.

Der Wachmann stöhnte nicht mal auf. Er brach zusammen und wäre die Treppe hinabgefallen, hätte Don ihn nicht aufgefangen.

Don handelte schnell und sicher. Mit wenigen Schritten hatte er die Tür der Kanzlei erreicht. Der Wächter lag dabei über seiner linken Schulter. Mit der rechten Hand fingerte Don den gestohlenen Schlüssel aus der Hosentasche und schob ihn ins Schloss.

Der Rest war ein Kinderspiel. Er benötigte nur eine halbe Drehung, und die Tür war offen.

Don schob sich in das Sekretariat und war froh, den schweren Körper ablegen zu können. Er fand seinen Platz hinter Elly Dawsons Schreibtisch, wo er die nächsten Stunden bestimmt tief schlafen würde.

Harris wandte sich dem Büro des Anwalts zu.

Plötzlich klopfte sein Herz schneller. Er wusste, dass er dicht vor einer wichtigen Entdeckung stand …

Im Büro des Anwalts roch es irgendwie nach Staub. Er stammte wohl von den alten Unterlagen, die Elly Dawson ausgeräumt hatte. Den Laptop hatte sie nicht vom Schreibtisch genommen. Dafür waren die Jalousien vor den Fenstern herabgelassen worden, sodass sich Don diese Mühe sparen konnte.

Er rückte den Schreibtischstuhl zurecht und kümmerte sich um den elektronischen Helfer.

Das Einschalten war kein Problem. Das stellte sich erst, als Don die Dateien abrufen wollte, denn die waren – davon ging er aus – durch einen Zugangscode gesichert.

Don saß vor dem bläulich schimmernden Schirm, und tatsächlich verlangte der Rechner nach einem Passwort.

Don hatte ein kleines technisches Gerät mitgebracht, das sich an jeden handelsüblichen Computer anschließen ließ und jeden Zugangscode innerhalb von Sekunden knacken konnte. Dieses Ding war bereits vor Jahren von dem amerikanischen Geheimdienst NSA, der National Security Agency, entwickelt worden und stand seit einiger Zeit auch den ESI-Agenten zur Verfügung. Doch Don schloss es noch nicht an den Laptop an, denn auf einmal schoss ihm der Begriff »Höllensöhne« durch den Kopf.

Einen Versuch war dies wert.

Leises Klacken erklang, als Don den Begriff eingab. Er starrte dabei den Bildschirm an und hätte fast gejubelt, als sich ihm eine Datei öffnete.

Ja, das war es, und es war zugleich auch erschreckend für ihn, denn auf dem Bildschirm tauchte sein eigenes

Gesicht auf. Wo und wann dieses Foto aufgenommen worden war, wusste er nicht. Er stellte nur fest, dass es sich dabei um eine recht neue Aufnahme handelte, die in den letzten Wochen entstanden sein musste.

Er sah nicht nur das Foto. Ein Link war mit seinem Namen versehen. Harris klickte ihn an.

Sehr viel Text erschien auf dem Bildschirm. Als Don ihn zu lesen begann, erkannte er voller Verblüffung, dass fast sein ganzes Leben aufgeführt war, praktisch von seiner Kindheit an bis zu diesem Tag.

»Das gibt es doch nicht«, flüsterte er. »Das ist ja der reine Wahnsinn. Was hatte dieser Mann vor?«

Er ließ sich Zeit, die Seiten zu überfliegen, und sah dann die letzte Meldung, die fett und in Großbuchstaben auf dem Schirm stand:

HARRIS GEFAHR FÜR 666?

Don atmete tief ein und schüttelte den Kopf. Er hatte damit gerechnet, auf dem Computer die Lösung eines Rätsels zu finden. Tatsächlich aber war er auf ein neues gestoßen, und das war ihm noch suspekter als alle Rätsel zuvor.

Er wiederholte die Meldung mit rauer Flüsterstimme einige Male, ohne daraus schlau zu werden. Schließlich fragte er sich, ob das alles an Inhalt und Informationen war, die der Computer hergab.

Daran glaubte er nicht.

Mit einem Tuch wischte sich Don den Schweiß von der Stirn, der durch die innere Erregung auf seinem Gesicht entstanden war. Er kam mit dieser ganzen Sache einfach nicht zurecht. Zu viel ging ihm durch den Kopf.

Er musste sich zwingen, seine Gedanken auf den richtigen Weg zu bringen. Okay, dieser verdammte Anwalt hatte sich mit ihm beschäftigt. Aber bestimmt nicht nur er allein. In letzter Zeit waren mehrere geheimnisvolle Personen in sein Leben getreten, und eine stand ihm plastisch vor Augen.

»Elektra …«, flüsterte er.

Es blieb nicht allein beim Flüstern. Mit flinken Fingern gab er den Namen ein.

Erschien noch ein Text?

Die nächste Überraschung erwischte ihn wie ein geistiger Keulenschlag. Auf dem Schirm erschien ein Bild. Es zeigte zwei Personen, zwei Frauen. Die eine war Elektra, die andere aber – Don konnte es kaum fassen – seine Mutter Elaine of Glastonbury …

Don Harris hatte Mühe, einen Laut der Überraschung zu unterdrücken. Was er dort auf dem Computerbildschirm sah, haute ihn fast vom Stuhl. Er kämpfte gegen einen leichten Schwindel an, schloss die Augen, konzentrierte sich eine Weile und schaute dann wieder hin.

Das Foto war keine Täuschung oder Einbildung. Die Aufnahme musste mindestens dreißig Jahre alt sein. Er sah seine Mutter in einem Kleid mit weit geschwungenem Rock. Neben ihr, aber auch etwas nach hinten versetzt, stand Elektra, die einen einfachen Hänger als Kleid trug. Beide Frauen schauten sehr ernst in die Kamera, als wüssten sie, dass die Zukunft nichts Gutes für sie bereithielt.

War das alles an Informationen?

Don glaubte nicht daran und machte weiter.

Er war nicht mal überrascht, als ein weiteres Bild auf dem Computerbildschirm erschien. Wehmut durchflutete ihn, denn er sah ein ihm unbekanntes Hochzeitsfoto seiner Eltern.

Auch auf ihm war Elektra zu sehen. Sie hielt sich etwas im Hintergrund, als wäre sie eine Art Beschützerin des Paares, so wie ein Bodyguard.

Don Harris hoffte, weitere Fotos zu finden und auf ihnen möglicherweise einen Hinweis auf sich selbst. Er klickte weiter.

Tatsächlich verschwand das zweite Foto, und auf dem Schirm erschien eine dritte Aufnahme.

Er sah seinen Vater im Vordergrund. Er sah aus, wie Don ihn erst kürzlich erlebt hatte, um mehr als dreißig Jahre älter als auf dem Hochzeitsfoto. Also war die Aufnahme erst vor kurzem entstanden.

Und wieder war das Mitglied seiner Familie nicht allein. Elektra stand neben seinem Vater. Ihr Gesicht zeigte einen sehr ernsten Ausdruck, aber nach wie vor strahlte sie diese Würde aus, die Don auch auf den anderen Aufnahmen aufgefallen war.

Immer wieder Elektra. Warum? In welchem Verhältnis hatte sie zu seinen Eltern gestanden?

Er wusste es nicht. Da stand kein Text unter den Fotos, der ihm das erklärt hätte. Es war furchtbar für ihn, sich die Aufnahmen anschauen zu müssen. Don riss sich zusammen und ging sie noch mal der Reihe nach durch.

Nachdem er auch das dritte Bild betrachtet hatte, fiel

es ihm wie Schuppen von den Augen. Er schüttelte den Kopf, er flüsterte ein scharfes »Nein«, aber er konnte es nicht ändern. Tatsache blieb Tatsache.

Mit seinen Eltern hing es nicht zusammen, sondern einzig und allein mit Elektra. Sie war auf allen drei Fotos zu sehen, aber sie sah auf jedem gleich aus, auch auf dem, das schon mehr als dreißig Jahre alt war.

Das hieß im Klartext: Elektra war nicht gealtert!

Ein Sturm der Gefühle tobte durch Dons Inneres. Es war einfach der reine Wahnsinn. Es war nicht nachzuvollziehen, das konnte es einfach nicht geben. Das widersprach allen Regeln.

Die Geschichte des Dorian Gray fiel ihm ein, der nicht alterte, dafür aber sein Porträt. Da hatte sich der gute Oscar Wilde eine tolle Story ausgedacht, die längst zur Weltliteratur zählte. Doch dies hier war kein Roman, sondern die Wirklichkeit, die Don anerkennen musste, so schwer es ihm auch fiel.

Oder handelte es sich bei den Aufnahmen um Fotomontagen? Mit der modernen Computertechnik und den entsprechenden Programmen konnten inzwischen selbst Laien perfekte Montagen aus verschiedenen Fotos zusammenstellen. Als Don dieser Gedanke durch den Kopf schoss, glaubte er zunächst, des Rätsels Lösung gefunden zu haben. Doch dann fragte er sich, warum Ramsey solche Fotomontagen von seinen Eltern und Elektra hätte herstellen sollen. Nein, das konnte keine Erklärung sein. Er musste davon ausgehen, dass die Fotos echt waren.

Er brauchte einige Minuten, um wieder zu sich selbst

zu finden. Nach einem tiefen Atemzug war er bereit weiterzumachen. Es konnte sein, dass er noch mehr Bilder fand, aber es gab keine Fotos mehr. Dafür fand er Informationen über Glastonbury, das englische Jerusalem, wobei dieser Begriff immer wieder fett und in kursiver Schrift aufgeführt war und auch wiederholt wurde.

Eine Karte der Stadt und deren Umgebung erschien auf dem Bildschirm. Und ein Hinweis auf Stonehenge.

Don überlegte. Er schaute auf seine Hände, die in den dünnen Handschuhen steckten. Lief vielleicht alles in Glastonbury zusammen? War dieser Ort der Trumpf in einem Spiel, das Don bisher noch nicht durchschaute?

Er klickte weiter.

Wieder erschien eine Nachricht auf dem Bildschirm, die er las und dann überlegte, wie er sie einstufen sollte:

In dieser Vollmondnacht wird es geschehen!

Darunter war ein Datum vermerkt. Als Monat wurde der April angegeben.

»Es ist April«, murmelte Don.

Dann erschrak er. Noch zwei Tage, dann war das genannte Datum erreicht.

Wieder schloss Don die Augen. Nach einer kurzen Pause des Nachdenkens war ihm klar, was er zu tun hatte.

Er musste wieder nach Glastonbury, um das Geheimnis um seine Eltern und eine gewisse Elektra zu lüften.

Don schaltete den Laptop aus und stand auf. Er fühlte sich durchgeschwitzt und auf eine bestimmte Art und

Weise auch erschöpft. Zugleich brodelte es in seinem Innern. Er wusste nun, dass eine gewaltige Aufgabe vor ihm lag. Es gab noch mehr Rätsel, die er lösen musste, die allerdings auch sein bisheriges Leben auf den Kopf stellen konnten.

Don Harris, der Psycho-Cop, war gespannt, was ihn in Glastonbury erwartete …